Sonya
ソーニャ文庫

勝負パンツが隣の部屋に飛びまして

春日部こみと

イースト・プレス

contents

序章　赤

今までにこれほど、赤という色を忌々《いまいま》しいと感じたことがあっただろうか。

一概に赤と言っても、この世に赤はあまたある。

その中でも、これはカーマインレッドと呼ばれる、眼裏《まなうら》にまで焼き付いてしまいそうな、鮮やかな赤だ。

コチニールと呼ばれるカイガラムシの一種から採れる紅色の色素を多く含有《がんゆう》し、洋紅色《ようこうしょく》という和名もあるが、実は日本に渡来したのは江戸時代後期と比較的最近である。

同じコチニールからできる色では、臙脂色《えんじいろ》が有名だろう。

目に痛いほどの鮮烈《せんれつ》さをひけらかす洋紅色よりも、仄暗《ほのぐら》さと深みを併《あわ》せ持つ臙脂色の赤の方が、自分は好みだな、と渋面《じゅうめん》を作りつつ思う。

日本人の肌理《きめ》の細かい象牙《ぞうげ》色の肌には、艶《なま》めかしく陰《かげ》のある臙脂色の方が映えるからだ。

ぬばたまの髪にも、さぞかし似合うに違いない。

少々艶《つや》めいた想像になってしまい、誰も見ていないというのに慌てて小さく首を振った。

日本人の肌のことはどうあれ、とにかく視線の先にあるこの赤は、実に気に食わない。

なにしろ、大変お気に入りの景観を著《いちじる》しく損《そこ》なっているのである。

東京で暮らすようになった一年前、築四十五年というこの古いアパートを住《す》み処《か》に決めたのは、ガラス戸の向こうの景色に一目惚れしたからに他ならない。

都内にありながら、大きな国立公園のすぐ傍《そば》という立地から、このアパートから見える景色は、まるで大自然の中にあるかのようなのである。

夜明けには、夜の紺碧《こんぺき》が、青、紫、赤、橙《だいだい》と七色に変化しつつ、次第に金の暁《あかつき》に染め変えられていく空に合わせ、黒々としていた木々がまざまざと緑に変わりゆく。

日の高い時間には、抜けるような青空の下《もと》、輝く日差しを新緑は煌々《こうこう》と跳ね返す。

雨の日は、重く垂《た》れこめる灰色から降る雫《しずく》に、禊《みそぎ》をする巫女《みこ》のように静謐《せいひつ》に濡れそぼち首を垂れる深い緑。

そして夕焼けは何よりも圧巻だ。空一面が、金色《こんじき》にひれ伏すかのように染め変えられる。緑はただひたすらその神々しさを受け入れるかのように、逆光の黒い影となって太陽を見送るのだ。

自然の美は荘厳《そうごん》で、圧倒的で、常に変化している。

それを見逃すことのないように、心と時間に余裕を持って生きていきたい。

そう願ったからこそ、このアパートを選んだのだ。

――それなのに。

忌々しい赤を、もう一度睨《ね》めつける。

何度見ても、ちぐはぐなことこの上ない。

愛する景色の手前で、こちらを嘲笑《あざわら》うかのようにひらひらと風にはためいているその赤は、彼の住む部屋の隣のベランダに干された、一枚の洗濯物だ。

「……シルクに、レース……」

光を反射する艶やかな生地は、おそらく絹であろう。

その面積は衣服であるには小さすぎる。一体全体、あんなに小さな布切れでどこを覆い隠すつもりなのか。

おまけに、その両脇は紐《ひも》である。

「紐……。赤い、紐……」

肌理細かなクリーム色の柔肌《やわはだ》に食い込む、眩《まばゆ》いまでの赤……と脳裏で言葉を綴《つづ》ってしまって、ハッと我に返る。

いやいやいやいや、そうではない。そうではないのだ。

だがここまで描写してしまえば、それが何であるかは想像に難くないだろう。

下着だ。女性物のパンツである。

真っ赤な、シルクにレースの、紐パンツ。否、パンティと言うべきか。

——ありえない！

歯を食いしばるあまり、喉からクッと絞り出すような音が漏れた。

ありえない。まったくもって、ありえない。

二階とはいえベランダに、うら若き乙女が堂々と真っ赤なパンティを干すなんて、危機感の欠片《かけら》もないおおたわけ者だ。

なぜうら若きとわかるかと言えば、ずっと空き部屋だった隣に、つい一週間前に二十代の女性が入居したのを知っているからだ。本来ならこのような個人情報は知らされないものだ。しかし、この古アパートの大家は大変気難しい老爺《ろうや》ではあるのだが、信用に足ると思った人物には非常に寛容《かんよう》になる。自分はありがたいことに気に入られたようで、彼の世間話を聞くことを許されているのだ。個人情報を悪用するような人物ではないと信じてくれているのだろう。

隣の女性は、確か会計事務所に勤めていると言っていた。このご時世に、なかなかに堅実な職に就いている。

ただ彼女の越してきた頃は日本を離れていたため、引っ越してきた日は知らない。だが帰宅してみると、ドアノブにビニール袋が引っ掛かっていて、中には可愛《かわい》らしい文字で

『引っ越しのご挨拶《あいさつ》』と書かれたカードと洗剤が入っていた。

なるほど、堅い職に就き、礼節を欠かさない律儀者。

若いのになかなかしっかりしていると感心していたというのに。

しっかりしているどころか、おおうつけか粗忽者《そこつもの》だ。

——ああ、それにしてもこの赤はいただけない。

溜息を吐きながら、揺れる赤い布地を今一度睨《にら》む。

荘厳な自然の美を目の前に、どかりと視界に割り込む、真っ赤なパンティ。

これは近々、都会で一人暮らしをする際の危機意識はもちろん、美的感覚についても、隣人と深く話し合わねばならないだろう。

そう決意する目の先で、真っ赤な布切れは、まさにどこ吹く風といったていで、ひらひらとはためき続けていた。

第一章　隣

――私は今、雑巾《ぞうきん》である。

大正桜子《たいしょうさくらこ》は、自宅のアパートの鍵《かぎ》を出そうと、肩にさげた黒のバッグの中を探りながら、虚《うつ》ろな目をして思った。

かの漱石《そうせき》先生の名作のごとく、猫なら良かった。だが雑巾だ。

雑巾とは何の比喩《ひゆ》だろうかと思われるかもしれないが、何のことはない、疲労困憊《ひろうこんぱい》故に、雑巾なのである。ボロボロ系の。

疲れすぎて、ボロ雑巾のようだ、というやつだ。

学生の頃、『疲れて身がボロ雑巾のよう、なんて、自虐《じぎゃく》的すぎて共感できない』などと笑っていたものだが、あの頃の自分に、『賢《さか》しらなことを言うな、世間知らずで苦労知らずの小娘がァ！』と、この暴力的なまでの倦怠感《けんたい》をぶつけてやりたい。

今ならわかる。

元気な時には意のままに動く四肢《しし》の筋肉が、酷使《こくし》されすぎたために鈍い動きしかしてくれず、思考も痺《しび》れたようにまともに働かないこの身体の状況は、まさに使い古しの雑巾。別の表現をすれば、錆びついたブリキの人形、という感じだろうか。

桜子は会計事務所に勤めている。

大学は経済学部だったため、簿記一級相当の資格は持っているが、税理士の資格はまだ得ていない。会計事務所で税務会計スタッフとして働きながら、いずれは税理士資格を、と目論《もくろ》んではいるのだが、まあ一般人が思い描く予定はそううまくはいかないというのが世の常である。

働き出して最初の年は仕事を覚えるのに精一杯、失敗ばかりの毎日で、なかなか資格試験へ向けた勉強にまで手が回らなかった。

二年目になって仕事の要領がわかり始めると、今までは任されなかった仕事が回ってくるようになる。仕事量も増えれば、質も求められる内容になってくる。

そんな中で一応試験は受けたものの、明らかな勉強不足であえなく撃沈《げきちん》。

次こそはと意気込んでいたけれど、桜子を指導してくれていた女性の先輩が産休に入ったため、その分の仕事が割り振られることになってしまい、てんてこ舞い。

昨年十二月の合格発表では、またもや涙を飲む結果となってしまったのだ。

——いや、それは全部言い訳だ。

深い溜息を吐いて、桜子はうなだれる。

資格試験に受からないのは、自分の勉強不足と、要領の悪さが原因だ。自分より忙しくても、合格している人はいるだろう。己を振り返り問題点を改善しないことには、いつまで経っても欲しいものには手が届かない。

そうは思うものの、蜘蛛《くも》の巣のように全身に纏《まと》わりつくこの倦怠感を振り払う術《すべ》を、今の桜子は持っていなかった。

ストレスの解消法ならある。読書だ。

特に好きなのは、翻訳《ほんやく》物のファンタジー小説だ。中学生の頃から愛読している『ホーリーツインズ』シリーズを思い浮かべ、桜子は唇を噛んだ。

——ああ、最新刊を読むためだったら、これから千枚だって領収証と格闘できるのに！

だが生憎《あいにく》、新刊が出ないまま二年が経過している。

今度の休みにまた既刊を最初から読み直して英気を養《やしな》おうと考えていると、ふと、いい匂いが鼻腔《びこう》をくすぐった。

何かの煮込み料理だろうか。醤油《しょうゆ》と脂《あぶら》のまざった食欲をそそる匂いだ。

どこの家から漂ってきたのか、と思案しかけて、すぐにお隣だろうと見当をつける。

このアパートに引っ越してきて数週間、まだ見ぬお隣さんは料理上手らしく、いつも美味《おい》しそうな匂いがしてくるのだ。

きっとエプロンの似合う美人なお姉様に違いない。彼氏が羨《うらや》ましい。

美人で巨乳で美味しいものが作れるとか女神か。ああ、私も美味しいもの食べたい。

——うう……だるい……おなか減った……。

腹がぐうぐうと鳴ったが、会社帰りにコンビニに寄る気力すら湧《わ》かなかった。

確か冷凍庫にピザがあったはず。ハイカロリーな上、多分ビタミンとかも足りていないジャンクフードだが、腹は満たしてくれるだろう。

——ああ、お母さんの作る豚肉の煮物が食べたい……。

郷里《きょうり》の母が作ってくれたその料理は、豚ロースの塊肉《かたまりにく》と大根を、生姜《しょうが》の利いたあっさり風味の出汁《だし》でじっくりと煮込んだもので、桜子の大好物だった。今日のように寒い日に身体の中からぽかぽかとあったまる、幸福の象徴だ。

「幸福が、足りない……」

ようやく探し出した鍵を握り締めながら呟《つぶや》く。

こうして口に出してみて、改めて痛感した。

そうだ。今、自分は、圧倒的に幸福が足りていないのだ。

仕事はキツいが嫌ではなく、相応の給料もいただいている。

だから不幸というわけではない。だがしかし幸せかと問われれば、即答はしかねる。

「今ここに、豚の煮込みがあれば……、私の幸福ゲージは急上昇するに違いないのに！」

と、ままならぬ現状にぶつぶつと文句を言う。

こんなことなら母に料理を習っておけばよかった、と後悔しかけたが、今のこのヘロヘロな状態で料理をする気力など残っていないから、結局は同じかと苦笑する。

しょんぼりと鍵を鍵穴に差し込んだ時、その声はかかった。

「夜分に失礼する」

低く艶やかな美声だった。

その上、思ったより近くから聞こえたものだから、疲れていたにもかかわらず、桜子はパッと弾かれるようにして振り返った。

するとそこには古アパートの薄暗い電灯の下、いつの間にか開いていた隣室のドアの隙間から半分身を乗り出すようにしている、美丈夫《びじょうふ》の姿があった。

「………」

桜子は、半ば呆気にとられて声の主を見つめた。

年の頃は二十代後半から三十代前半といったところか。

背が高く、細身であるが痩《や》せすぎてはおらず、まくった袖から伸びる腕の筋張った筋肉のつき方からも、日常的に鍛《きた》えているのがわかる体躯《たいく》だ。

加えて八頭身はあろうかという小さな顔は非常に整っていて、彫りが深い。きれいなアーモンド形の目の中にある瞳はべっこう飴《あめ》のような薄い色合い。

グレーのニットの下にピンク色のストライプのシャツを少し覗かせるというオシャレ具合に、どうにも自分とは相容《あいい》れない雰囲気を感じ取り、桜子は反射的に身構えてしまった。

ピンク色をオシャレに着こなす男子なんぞ、上級者だ。曲者《くせもの》だ。

こんな絵に描いたようなオシャレイケメンが隣人だったなんて知らなかった。

自分に何の用だろう。

「こ、こんばんは……」

警戒心を剝《む》き出しにして、胸の前でバッグをギュッと抱える体勢を取った桜子に、隣人の男性は少々慌てたような顔をした。

「急に声をかけたりして、驚かせてしまったな。すまない。僕は隣に住む者で、桃山柳《ももやまりゅう》吾《ご》という」

礼儀正しく自己紹介をされて、桜子の背筋が自然と伸びる。

「あ、大正桜子です。二週間前にこちらに引っ越してきました。きちんとご挨拶もせず、申し訳ないです」

「いや、その頃ちょうど僕の方も留守にしていたからね。それに、カードをいただいていた。洗剤をどうもありがとう。使わせてもらっている」

確かに引っ越してきた日に、引っ越しの挨拶をしようと隣の部屋を訪ねたが、生憎留守だった。翌日も留守だったので、挨拶のカードと洗剤をビニール袋に入れて、ドアノブに掛けておいたのだ。不審がられるかなとも思ったが、害のないものだし、嫌ならば捨てるだろうと考えてのことだった。次の日出勤する時に見たら、ビニール袋がなくなっていたので、捨てられたにしても、一応は受け取ってもらえたのだろうと思っていたのだった。

使ってもらえたのだとわかり、桜子の心は浮き立った。

「良かったです。あの洗剤の匂い、私、お気に入りなんです」

なんてことはない洗濯用洗剤だが、実は外国製なのだ。グリーンフローラルの匂いがきつすぎず爽《さわ》やかで、桜子のお気に入りだった。毎回通信販売で手に入れるのだが、せっかくだから引っ越しのご挨拶用にもと、まとめ買いをしたのだ。ささやかなこだわりだったが、使ってくれたという事実が嬉しくて、つい顔がへにゃりと緩む。

すると柳吾と名乗った隣人が、わずかに目を見開いた気がした。が、すぐにコホンと咳《せき》ばらいをしながら目を伏せたので、見間違いだったのかな、と桜子は目を瞬く。

「……僕もとてもいい香りだと思う。ありがとう」

「あ、本当ですか？　良かった！」

お礼を言われ、またもや嬉しくなって、パッと顔が輝いた。

桜子は、社交辞令かもしれない言葉でも、素直に受け取ることにしている。その方が自分の気持ちがいいからだ。

桜子の笑顔に、柳吾は少し眩《まぶ》しそうに目を細めた。

薄暗い廊下なのにどうしたのだろうと、不思議に思っていると、少々言いにくそうに顔を歪ませた隣人が、気を取り直したように顔をキリッと改めた。

「ところで、唐突ではあるが、隣人である君に忠告したいことがあるんだが……」

忠告、という単語に、桜子はキョトンとした。

初対面の人間から忠告されるという驚きの事態に、疲れた脳はついていけなかった。

「……はい？」

「一つ」

「ええっ!?」

聞き間違いかと思い、やんわりと吐き出した語尾上がりの疑問をさらりと無視され、いきなりカウントされた。

一つということは、二つ以上あるということだ。忠告という言葉だけでも驚いたのに、改善を求めたいことが一つだけでないというのだろうか。

「いくら二階であるとはいえ、他者の目につく場所に下着を干すのはいかがなものかと思うんだ」

「は!?」

プライベートな内容に言及《げんきゅう》されて、目を剝いてしまう。

――下着？　って言った？　このイケメン。え、空耳？

「僕は、ベランダから外の景色を眺めるのを日課としているのだが、視界に君の洗濯物――洗濯物だけならまだ情緒《じょうちょ》もあるのだが、女性の下着がヒラヒラと入り込むと、どうも気が散って仕方ない。できるならやめてもらいたい」

「なっ、なっ」

「そもそも女性の一人暮らしで下着を外に干すのは防犯上もよろしくないだろう。そして二つ目に……」

やっぱりカウントされた。激務を終えて帰宅してヘロヘロなところに、イケメンから防犯意識（下着の干し場所について）のダメ出しをされている。悪夢だろうか。

気が遠くなりかけながら、桜子はこめかみを右手で揉《も》んだ。

「あの……ちょっと」

待ってください、という制止は、疲れのためか弱々しく、相手には届かなかった。

――ダメだ。顔は濡れてないけど力が出ない。

ここでかの有名な菓子パン顔の正義の味方なら、製作者のおじさんによって新しい顔を与えてもらえるだろうに。いや桜子は頭部を挿《す》げ替えられたら多分死ぬ。ところで、脳とそれ以外の部分が切り離された場合、魂というものはどちらに宿るのだろうか。菓子パンヒーローの場合、飛ばされる頭部以外のところに宿るのだと考えていいのだろうが、桜子の考えでは、人は思考を脳でするのだから、魂も脳に——……。

こんななんの得にもならないようなことを、頭の中で読経のように滔々《とうとう》と考え続けている時点で、多分、糖分が足りていない。

そういえば、お昼は時間がなくてチーズ味の栄養補助食品を齧《かじ》っただけだった。口の中の水分を根こそぎ奪っていく憎いアイツの商品名はカロリーフレンズ。あまりお友達にはなりたくないフレンズである。

思い出したら余計に空腹感が増してしまった。なんてこった。

もはやまともに思考できない桜子の目の前に、イケメンがぬっと手を差し出してきた。握手だろうかと怪訝な顔でそれを見やれば、大きな手のひらには、きれいにプレスされたハンカチらしきものがのっている。何かがそれに包まれているようだ。

「これだ。風で飛ばされたのだろう。僕の部屋のベランダに落ちていた」

若干顔を赤らめながら気まずそうに言われ、桜子はその中身がどうやら自分の洗濯物であることをやっと理解する。

慌ててひったくるように受け取り、ハンカチを恐る恐る開く。

目に飛び込んできたのは、暗がりでもわかるほどの、鮮烈な赤。摘まみ上げてみると、ヒラリとそれが揺れた。

「ぅぎゃあ！」

思わずうめき声が上がった。

それも仕方ないだろう。初対面のイケメン隣人から受け取ったハンカチの中に、自分の真っ赤な紐パンツが売り物のように美しく折りたたまれていたのだから。

「私の勝負パンツ！」

桜子は叫ぶように説明した。なんでわざわざ説明したのかと後日冷静になって自問したが、ただ疲れていたからだとしか考えられなかった。

ちなみに勝負パンツだからといって、それを穿《は》く理由がいわゆる『勝負時だから』であると限らないのが、大正桜子という人間である。前回使用したのは、単に洗濯をさぼっていて、穿くものがこれしかなかったためだ。

説明を受けたイケメンは、カッと両目を見開いた。怖い。

「勝負パンツ!?」

「勝負パンツ！」

大声で鸚鵡《おうむ》返しをされ、桜子も大声でそのまま返す。

もちろん意味はない。疲れていただけだ。

「これが!?」

心から驚いた様子で言われてカチンときてしまったのは、桜子のアグレッシヴな性格も

あるだろうが、このイケメンのデリカシーの無さのせいであるとも言える。

「なにか問題でも!?」

喧嘩《けんか》腰の桜子の物言いにも怯《ひる》まず、イケメンは思案顔——というより、どちらかといえば心配そうな顔をしている。どういうこった。

「センスというものは人それぞれであるから、僕もとやかく言うつもりはないのだが……。しかしその赤は……妙齢の女性が身に着けるには、いささか問題がありはしないかと思う」

「大きなお世話ですよ、このアンポンタン！」

ぐううううううううう!!

叫んだ瞬間、真っ赤な顔で怒鳴ったその声と同じくらい大きな音が、桜子のお腹から鳴り響いてきた。漫画ならエクスクラメーションマークが五つはついたであろう、その盛大な音に、桜子はもちろん、柳吾もしばし固まった。

これはいけない。何がいけないって、恰好がつかない。

下唇を噛んで羞恥に耐える桜子に、短い沈黙を破り柳吾が口を開いた。

「腹が減っているのか……？」

自明の理である。減っているから腹が鳴るのだ！

悔しくなって、桜子は涙目になって叫んだ。

「減ってますよ！　一日中働いてやっと帰宅したと思ったら、初めて会った隣人に、勝負パンツのセンスについて説教食らってるんです！　腹が減ってるから戦もできやしませんよ！」

捲《まく》し立てる桜子の形相《ぎょうそう》がよほど鬼気《きき》迫っていたのだろう。それまで怯む様子のなかった柳吾の端整な美貌が、狼狽《うろた》えたように歪んだ。

「……そ、それは、申し訳なかった」

盛大に申し訳なく思え！　とツンと顎《あご》を上げた桜子は、だが次の言葉で目の色を変えた。

「お詫びと言ってはなんだが、よければ僕が作った夕食を分けようか？」

「手作りの……夕食……!?」

ごくりと唾《つば》を飲み込んだ。

桜子独自の幸せ尺度において、『手作りご飯』はかなり高いレベルの幸福度を示す。

現在、桜子の幸福度はゼロに等しい。とにかく腹が減っている。不幸すぎる。

「ちなみに、今日は豚と大根の煮込みと水菜のサラダだ。煮込み料理はたくさん作りすぎるのが難点でね」

「ぶっ……！」

——たと、大根の煮物、だと……!?

驚きで最後まで言葉にならなかったのも無理からぬことだろう。

なにしろ、つい先刻母を思い出しながら食べたいと切望したメニューだったのだから。

『疲労困憊で帰ってきたら意味不明のパンツ攻撃をしかけてきたイケメン』という怪物じみた隣人の印象が、一気に『聖人』へと塗り替わった。あまたの聖人の中でも、恵まれない人々に施《ほどこ》しをしたと言われる聖ニコラウスだ。今やこの国において恒例となったクリスマスの逸話《いつわ》のあるお方である。

とりとめのないことをぐるぐる考えるばかりで何も答えない桜子に、柳吾はハッとした表情になった。

「ああ、好きなメニューではなかったかな？　それなら……」

「喜んでご相伴《しょうばん》に与《あずか》ります！」

申し訳なさそうに言った柳吾の台詞に被せるようにして、桜子は元気よく返事をした。

「おっ……？　そ、そうか」

「豚の煮込みは大好きです、ニコラウス様」

糖分が足りていないせいで名前を間違えた。顧客にやったら上司から大目玉を喰らうが、柳吾は少し眉を上げただけだった。

「僕の名前は桃山柳吾だ」

至極ごもっともなご指摘である。

「じゃあ、ええと、桃山様？」

様、と付けてしまったのは職業病だ。この敬称を付けられて不快に感じる顧客はほとんどいない。だが柳吾はあまり気に入らなかったようで、少し口角を下げた。

「様は要らないし、下の名前でいい。苗字は使い慣れていないんだ」

苗字を使い慣れていないなんて一体どういうことだと思うが、相手の望みだから叶えるべきだろう。

「じゃあ、柳吾さん？」

「……では、それで」

一瞬の思案の間の後、桃山柳吾はうむりと頷いて、右手を差し出してきた。今度こそ握手を求められているのだとわかった桜子は、慌てて手を伸ばしてそれを握る。今まで屋内にいたためか、彼の大きな手は温かかった。

「改めて、これからよろしく、隣人」

「私も桜子と呼んでください。自分だけ『隣人』だと落ち着きませんから。こちらこそ、よろしくお願いします。そして、晩ご飯、ご馳走《ちそう》になります！」

元気良く先走って礼をする桜子に、柳吾はブッと噴き出した。

「よっぽど腹が減っているんだな。では、桜子、早速どうぞ」

くすくすと笑いながら、自分の部屋のドアを開いて桜子を招き入れる。

灯りの点いた柳吾の部屋は、なんだか自分の部屋よりも温かそうに見えて、桜子はどうしてか胸がきゅうっとなった。鼻を啜ってしまったのを寒さのせいにして、明るい声を出す。

「おじゃまします！」

一歩玄関に足を踏み入れれば、いい匂いに包まれて、思わず目を閉じて鼻から大きく息を吸い込んだ。

「ふ、わ……！　美味しそうな匂い……！　生姜と、お醤油の匂いだ……！」

「よくわかったな。煮込みに生姜と醤油を使っている。君は鼻が利くようだね」

ドアの鍵を閉めた柳吾が驚いたように言った。

「どうぞ、奥に。すぐに用意しよう。出来上がったばかりだから、まだ温かいだろう」

言いながら、桜子用にと白いスリッパを出してくれる。ふわふわとしていて、あったかそうなスリッパだ。

「ありがとうございます」とお礼を言いつつ足を入れれば、見た目を裏切らずふわふわであったかい。冷え性の桜子には非常にありがたかった。

――来客用のスリッパなんかも揃えてるんだなぁ。

と、なんとなく負けた気になって唇を尖《とが》らせる。桜子は自分の部屋に人を上げることはほとんどないので、スリッパは自分用しか置いていない。

よく見れば、玄関はきっちりと片付いていて、棚にいい感じのエアプランツが飾ってあったりして、桜子よりもずっと女子力が高い。

そこまで考えて、桜子はハッとなった。

「あっ、もしかして、誰かと一緒に住んでいらっしゃいます!?」

これだけ女子力が高いなんて、ひょっとしたら同棲相手がいるんじゃないだろうか、と思い至ったのだ。

だがこちらを振り返った柳吾は、キョトンとした表情だ。

「いいや。僕はずっと一人暮らしだが」

「……あ、そうなんですね……」

完敗の二文字が目の前に浮かんで、桜子は情けない笑みを浮かべる。

女子力の高さでは、完全にこのイケメン隣人に軍配が上がるというしょっぱい事実を苦い気持ちで受け入れつつ、桜子は導かれるままリビングに入った。

どうやらお隣さんは、ワンルームである桜子の部屋とは間取りが違うらしい。十畳くらいのLDKの奥にドアがあり、もう一つ部屋があるようだ。

リビングは小ぢんまりとしているけれど、あまり物がなく、シンプルな家具がセンス良く配置されていて、落ち着いた雰囲気がある。

同棲相手がいないという言葉通り、家具や小物は男性的なものばかりだ。

ダイニングの小さめのテーブルと椅子は二人用で、桜子はその一脚を勧められ、腰を下ろした。

柳吾は「すぐに用意しよう」と言い置いて、早速台所に立った。

その前に椅子に掛けてあったエプロンをちゃんと身に着ける様子を見て、またもや女子力の差を突き付けられる。

濃いグレーのエプロンがまたオシャレで彼に似合っていて、内心ぐぬぬとなった。

女子力底辺の桜子はエプロンを持っていない。

——今度の休みに、エプロン買いに行ってやる……！

いや待てよ、料理もしないのにエプロンだけ持っていてもまさに豚に真珠というやつなのではないだろうかと思い直したところで、目の前にほわほわと湯気《ゆげ》の立った器が出された。いつの間にか、素敵なランチョンマットまで敷いてある。

「ほわぁああ……！」

感嘆の声が漏れた。

艶々プルンとした豚の塊肉が、たっぷりとしただし汁の中に鎮座《ちんざ》している。おそらく高級な肩ロースなのだろう、脂身と赤身のバランスが絶妙だ。

驚くことに菊の飾り切りのされた（料亭か！）大根は、充分に煮込まれたことのわかる飴色で、箸《はし》を通さずともその柔らかさが窺い知れる。

小口切りの青ネギをたっぷりとかけられ、萩焼の柔らかな風合いの器に彩り良く盛られたその姿は、絵に描いたように完璧な『豚の煮込み』の出で立ちだった。

「お、お母さん……！」

「誰がお母さんだ」

思わず口を突いて出た呼びかけに、水菜のサラダをテーブルに置いた柳吾から瞬時にツッコミが入った。意外にノリが良い。

サラダには砕《くだ》いたカシューナッツとカリカリのベーコンがのせられていて、見ただけで美味しいのがわかる。

「あ、すみません。あんまりにも母の作ってくれた豚の煮込みに似ていて、つい」

桜子の答えに、柳吾は呆れたように眉根を寄せる。

「まだ食べてもいないうちから、どうしてわかるんだ」

「あ、味はまだわかりませんけど、でも匂いが一緒だし、見た目も一緒なんです！　こんなふうに青ネギをたっぷりかけるところも！」

少々興奮気味に説明すれば、柳吾は「ふむ」と顎に手を当てた。

「なるほど。でもまあ、煮込み料理にネギを入れるのは別段珍しくないだろうから、ありえる話だろう」

「あの！　いただいてもいいですか!?」

思案げに呟く柳吾に、桜子は急かすように言った。

大好物のご馳走を目の前に、「待て」をさせられている犬の気分だ。早く肉が食べたい。

涎《よだれ》を垂らさんばかりの桜子を見て、柳吾はプッと噴き出した。

「どうぞ。たんとおあがり」

その笑顔があまりにきれいで、一瞬彼が女神に見えたのは、差し出してくれたホカホカの炊き立てご飯の湯気が見せた幻覚だろうか。

桜子は満面に笑みを浮かべて言った。

「いただきます!!」

山盛りの青ネギを被った肉に箸を伸ばす。

柔らかく煮込まれた豚肉は、力を入れずともスッと箸が通る。割った瞬間トロリと煮汁が染み出す様子に、桜子の喉が鳴った。逸る気持ちのままに、青ネギののった肉をパクリと口に入れれば、じゅわりと肉汁とだし汁が溢れ出る。

「んん〜〜ッ……！」

口を閉じた状態のまま、至福の声を上げた。

美味い。美味すぎる。

豚肉の柔らかさも、脂身の甘さも、生姜の利いただし汁の味の濃さも、すべてが絶妙だ。青ネギは彩りというだけでなく、薬味の役割もちゃんと果たしていて、脂っぽくなりがちな口の中をネギの香りで中和してくれている。

むぐむぐと存分に美味さを堪能しながら咀嚼《そしゃく》し、ごくんと嚥下《えんげ》する。

「……っ、おいっしぃいいいいいい……!!」

力一杯感想を述べれば、向かいに座った柳吾が堪らないといったようにブハッ、と笑う。

「なんてわかりやすいんだ！」

指摘され、桜子は今更ながらカァッと赤面する。

「えっ!?　だって美味しいですもん！」

桜子の返答に、柳吾はまた声を上げて笑った。

その嬉しそうな笑顔に、桜子はうっかり見惚れてしまう。

──美形の笑顔、マジ眼福《がんぷく》。

「ありがとう。そんなふうに全身で美味しいことを表現してくれるなんて、作った甲斐《かい》があるというものだ。おかわりもまだあるから、たんとおあがり」

こんなに美味しいものをタダで食べさせてくれるだけでなく、おかわりまでさせてくれるなんて。

彼に後光《ごこう》がさしているように見えるのは、きっと気のせいではないだろう。

思わず箸を持ったまま両手を合わせて拝《おが》んでしまい、彼から胡乱《うろん》な目を向けられた。

「拝むのはよしなさい」

「いや女神かなと……」

「突拍子もない発想だな……」

「とりあえず、おかわりをお願いします」

「もう食べ終わったのか!?」

すっかり空になった器を差し出せば仰天されたが、すんなりとおかわりを用意してくれるところを見れば、嫌がってはいないのだろう。

――やっぱり女神かもしれない。

アンポンタンなんて言ってごめんなさい、と心の中で謝りながら、再びこんもりと肉の盛られた器を受け取った。

こうしてこの日桜子は、料理上手なお姉さんだと予想していた隣人が、慈悲《じひ》深いイケメン女神だということを知った。

そしてその女神によって、お腹をいっぱいに満たしてもらったのだった――が。

「今思ったんだが、簡単に初対面の男の部屋に上がり込むのは、危機感が足りないのではないか？」

「イヤ、柳吾さんが誘ったんですよね!?」

慈悲深いイケメン女神は、少々説教癖があるのが玉に瑕《きず》だった。

第二章　白

今日も今日とて残業である。

馬車馬のごとく働いたウィークデイを乗り越えて、ようやく迎えた最終日、決戦はしていないが金曜日である。

今週中に終えておかなければならない業務をこなしていたら、あっという間に二十二時を回ってしまった。

——ああ、自分が二人欲しい。もしくは、一日が四十八時間になってほしい！

だがよしんばそうなったとして、二人になった自分は二人ともフルタイム労働をし、二十時間働くのだろう。

想像して疲れた。まったくもってせんない行為だった。虚《むな》しすぎる。

桜子は重い身体を引きずるようにして、アパートの階段を上がっていた。

一歩一歩上がるたびに、手にさげたコンビニのビニール袋がガサガサと音を立てる。中に入っているのはカップ麺《めん》とパックの野菜ジュースなので、重たくはない。が、激務で疲れ切り、腹が減って戦ができない状態の桜子には、それすらも重たく感じてしまう。

ヨタヨタとなんとか階段を上がり切ったところで、角部屋である隣家のドアが開いた。

「今帰りか、桜子」

中から顔を出したのは、お隣さんの女神こと、説教イケメンだった。

初めて晩ご飯をいただいた日以来、彼は桜子の名前を呼び捨てにしている。

そこに不快感はない。彼は桜子より六つも年上であるし、なにより手作りご飯を食べさせてくれる、隣人愛に溢れた尊敬すべき御仁《ごじん》なのだから。

「柳吾さん……。はい、今帰りましたぁ……」

ヘロヘロと返事をすれば、柳吾は凛々《りり》しい眉を痛ましげに寄せる。

「こんなに遅くまで……頑張ったな」

そんなふうに労られるのは久方ぶりだった上に、不意打ちだったので、桜子はじわりと目頭が熱くなってしまう。

――イヤイヤイヤ！　いきなり泣いちゃうとか、子どもじゃないんだから！

桜子は込み上げてきた涙を慌てて散らす。

「うう、ありがとうございます……」

礼の言葉と同時に、ぐうううう、と盛大に腹の虫が鳴った。

「……また、昼を抜いたのか」

腹の音が鳴り終えて一拍後、低い声で訊いてくる柳吾に、桜子は焦る。

最初の出会いが出会いだったせいで、柳吾は桜子の顔を見るたびに食事をちゃんととっているかどうかを確認するようになった。

そして食べていないことを知ると、三度の食事の大切さを滔々と説き始めるのだ。

「ぬ、抜いてません！　カロリーフレンズのチョコレート味、一箱食べました！」

慌てたために、余計なことまで言ってしまった。

栄養補助食品の商品名を聞いて、柳吾の整った眉がピクリと上がる。

「カロリーフレンズ、だと……？」

「ひっ」

柳吾の長身の背後に怒りのオーラが見えた気がして、桜子の口から悲鳴が漏れた。

「そんなものは食事とは言わないと、前にも言っただろう。栄養補助食品は、あくまで食事による栄養摂取の補助をするためのものでしかないんだぞ。補助をメインディッシュにしてどうするんだ、このおたんちん！」

説教が長い！　と内心で叫びながら、桜子は目を白黒させる。

「お、おたんちん……？」

思わず鸚鵡返しをしてしまった。

時代劇か何かで使われていたような気がするその言葉は、まぬけ、とかそういう意味だったと記憶している。ほぼ死語に近いこの言葉をリアルで使っている人を、桜子は初めて見た。

この美丈夫は、都会的で洗練された見た目のわりに、ずいぶんと古めかしい物言いをするのだ。

——それが妙に似合ってるから不思議なんだけど。

なぜだろう。

だがこういうのを和洋折衷《わようせっちゅう》と言うのかもしれない。

——ちょっと違うか。

「柳吾さんって、ちょっと浮世離れしてますよね」

思わず零れた本音に、柳吾はスッと目を眇《すが》める。

「カロリーフレンズを食事代わりにするのが浮世離れしていない多忙な現代人の象徴的現象とでも言いたいわけかなこのおたんちん」

「説教が長い上に面倒くさい！」

「よろしい、ならば僕の説教を嫌というほど聞かせてやろう。まずは、口は災《わざわ》いのもと、という諺《ことわざ》についてだ。さあおいで」

「ひぃいいいい！」

引きずられ涙目になりながらも、むんずと摑まれた腕を振り払わないのは、柳吾の説教には美味しいご飯がついてくるのを知っているからである。

連れ込まれた柳吾の部屋のテーブルには、案の定ホカホカのご飯が並んでいた。

「うわぁあああん！　牡蠣《かき》の酒蒸《さかむ》しぃいいい！」

「泣くんじゃない。涎も拭《ふ》きなさい。そして食卓に着く前に、手洗いとうがいを済ませておいで」

豆腐の上にのったプリプリの牡蠣を前に半泣きになって叫ぶ桜子を、柳吾が呆れ声で叱りつつ、タオルを手渡してきた。

「はーい、お母さん」

「誰がお母さんだ」

ツッコミを聞きつつ、桜子はタオルを受け取った。

この家で毎日のようにご飯を食べさせてもらうようになって、早半月。もはや勝手知ったる他人の家状態である桜子は、家主に案内されるまでもなく洗面所へと向かう。

手渡されたタオルは洗い立てで、手洗いの際に使えという意味だと説明されなくても了解している。

――本当に、細やかな気遣いのできる女神様だなぁ。

柳吾を心の中で密かに『女神様』と呼んでいることは、彼にはもちろんナイショである。本人に言えばきっと怒るだろうが、この桃山柳吾という人は、多少の説教癖はあるものの、『女神』と呼ぶに相応しい慈悲深き男性なのである。なぜ男性なのに聖人でも天使でもなく、『女神』なのかというと、彼がまことに『お母さん』ぽいからだ。

なにしろ、隣人の小娘の食事事情を知るや、それを我が事のように嘆き悲しみ、自分の手料理を分けてくれるようになったのだから。それも、自分の部屋に招いて、である。

「一人で食べる食事は味気ないからな。君が付き合ってくれるとありがたい」

と言って、自分も食べずに桜子の帰宅を待ってくれているのである。

優しい。優しすぎる。

まさに女神様――いや、やはりお母さんだろうか。

そんなこんなで、桜子は彼の娘よろしく、すっかり隣部屋に入り浸《びた》ってしまっているのである。

言われたとおりに手洗いとうがいを入念にした後、リビングに向かえば、ちょうど柳吾がエプロンを外しているところだった。

「ちゃんと三回うがいをしたか？」

「しました！」

元気よく答えれば、柳吾が満足げにニコリと笑う。

「よし。では席に着きなさい。いただこう」

「はい！」

席に着き、向かい合って同時に手を合わせ、「いただきます」と言う。

桜子はこの瞬間がとても好きだ。

食事の前の、感謝の挨拶。子どもの頃にはなんでもない日常の光景の一つだった。

それなのに、今ではもうこんなふうに誰かと声を合わせて『いただきます』と言うことなんてない。

柳吾と出会い、食事の面倒を見てもらうようになって、誰かと食事をする、という時間の温かさや優しさを改めて知った。

最初は美味しい、とか、お腹が膨《ふく》れる、といった目先の幸福感ばかりが先立っていたが、今は彼と食卓を囲む、という時間自体に、かけがえのない喜びを感じているのだ。

しみじみと隣人の温かさを噛み締めていると、当の柳吾は桜子の牡蠣の上にせっせと大根おろしをのせている。ほんのり桜色をしているので、紅葉《もみじ》おろしなのだろう。最高か。

「さあ、ポン酢をかけておあがり」

「うう、美味しいよう……！」

「いやまだ食べてないだろう……」

「食べてないけどこんなの美味しいに決まってますよぅ！」

「相変わらず君の理屈は破綻《はたん》しているな」

お説教交じりの会話すら嬉しい。

その柔らかな表情から、柳吾が呆れながらも桜子を嫌がっていないとわかるので、安心していられるのだ。

牡蠣の酒蒸しはミルキーな旨味《うまみ》たっぷりで、レンコンのきんぴらはシャキシャキ。小松菜と炒《い》り卵のサラダは、緑と黄色が目にも鮮やかで食欲をそそるし、ご飯は十五穀米。栄養バランスも見た目も抜群に良いこれらの手料理を、これまた抜群に整った顔の隣人が作って食べさせてくれる。こんな珍妙な奇跡に、これはもしかしたら何かの罠《わな》なのかもしれないと、桜子は時々怖くなることがある。

だが、こうして餌付《えづ》けされるようになって半月経つが、柳吾が怪しげな宗教に勧誘してきたり、妙な壺《つぼ》を買わせようとしたりする素振りは一切ない。

そして不埒《ふらち》な真似《まね》をする素振りもだ。

それどころか、柳吾の口癖は『未婚の女性たるもの』であったり『乙女のすることではない』など、明治時代の女学校の教師のようなものなのである。その彼が、桜子に不埒な真似など、考えられもしない。

——柳吾さんにとっての私って、多分懐《なつ》いてきたノラ猫みたいなものなんだろうなぁ。

と桜子は結論付けている。

自分の近くをウロウロしていた痩せて疲れた様子のノラ猫を哀れに思いちょっと構ってやったら、思いがけず懐かれてしまって今に至る――と、そんな感じだろう。

「桜子、口に……」

美味すぎるご飯を堪能しつつ、隣人とのこの奇妙な関係をつらつらと考えていたところに不意に声をかけられて、桜子は目を瞬いた。

「へ？」

声の主を見やれば、柳吾が箸を置いて、ちょんちょんと長い指で自分の口元を指している。

「あ、何かついてます？」

子どものような失態に顔を赤らめながら、慌てて口元に触れたが、見えないのでうまく取れない。

「米粒だ。ああ、そこじゃない」

「え？　あれ？」

「ああ、もう。君はまるで小さな子どものようだな」

もたもたする桜子に、柳吾がクスクスと笑う。

「だって――」

笑われて恥ずかしさが増し、少々むっと唇を尖らせた桜子は、次の瞬間息を呑んだ。

大きな手がスッと伸びてきたかと思ったら、自分の口元に触れたのだ。

少し骨ばった形の良い長い指は、温かかった。

驚いて固まる桜子の目の前で、柳吾は米粒を摘まみ取る。

「ほら、取れた」

ニコリと笑う彼の表情には疚《やま》しい色は欠片もない。

だから自分も気にする必要などないはずなのに、桜子の頬はみるみる赤くなってしまう。

「あ、あ……ありがとう、ございます……？」

混乱しながらも、かろうじて口から出た礼の言葉は語尾が上がっていて、それにも柳吾はまた笑った。

「これは珍しい。君でも恥ずかしがることがあるんだな」

「なっ……」

恥ずかしいわけではないはずだし、そもそもそれはどういう意味だとむくれた顔をすれば、また手を伸ばしてきた柳吾にポンポンと頭を撫《な》でられた。

「大丈夫。君が子どもみたいにお弁当を口元につけていたことは、ナイショにしておくよ」

からかうように言われて、桜子はますます頬を膨らませたが、愉快そうに相好《そうごう》を崩《くず》す柳吾を見ていると、腹立たしい気持ちも削がれてしまう。

「じゃあ私もお返しに、柳吾さんがイケメンだけど説教マンだってことはナイショにしといてあげますね！」

などと憎まれ口を叩きつつ、桜子はなぜ自分が顔を赤くしてしまったのかという疑問に、無意識に蓋をした。

柳吾は桜子にとって、美味しいご飯を食べさせてくれる、世話好きの隣人。

そして柳吾にとって桜子は、放っておけないノラ猫のような隣人。

『隣人』という枠が、このどうしようもなく居心地の良い関係には必要なものなのだ。

「柳吾さん！　あとで肩を揉みます！　揉ませてください！」

「は？　なんだい藪《やぶ》から棒に」

「美味しいご飯のお礼です！　お母さんに、肩揉み券です！」

「誰がお母さんだ」

だから、それを崩すようなことは、決してあってはならない。

桜子にとって柳吾は、かけがえのない『隣人』なのだから。

＊＊＊

久しぶりに仕事が定時に終わったので、桜子はいそいそと帰り支度をしていた。

——今日の晩ご飯は何だろう？　あ、昨日ミネストローネだったから、リメイクしてグラタンって言ってたな……。

と、すっかり柳吾のところで夕飯を食べる生活が板についてしまった（？）思考回路で、うきうきと予想しているところに、声をかけられる。

「なんだかご機嫌ねぇ、大正桜子」

「あ、藤平《ふじひら》」

背後からこちらを覗き込んできたのは、同僚の藤平成海《なるみ》だった。

同僚と言っても同期であるだけで、彼は入社後早々に資格試験に合格したエリートである。税理士になった彼は既に桜子の上司であるにもかかわらず、これまでと変わらない同期としての態度を崩さないでいてくれるできた男なのだ。

とはいえ、従業員が二十名程度の規模の会計事務所だ。同期は桜子と藤平の二名だけだから、余計に連帯感が強いのだろう。

「大正桜子のことだから、どうせ食べ物のことでも考えてたんでしょ？」

クスクスと笑う藤平に、桜子はジト目を向ける。図星なだけに反論の余地がない。

切れ長の目元のせいで、一見冷たそうにも見えるが、藤平はイケメンである。しかし普段はオネエ口調だ。

イケメンなのに残念なギャップであるが、オネエっぽいのにゲイではないという更なるギャップからか、ご婦人方からはすこぶる評判がよろしい。

つまり彼は非常にモテる。この見た目、このギャップで、誰に対しても優しいため、勘違いしてしまう女性が後を絶たない。そのため、彼なりの対策として、女性の名はフルネームで呼ぶようにしているのだそうだ。そうすると、距離を感じてもらえるらしい。

モテない桜子にしてみれば、どうにも腹立たしい処世術であるが、そこそこ効果はあるのだとか。

最初は違和感があったが、もう三年になる付き合いの中で、桜子は慣れてしまった。

「お腹が空いてるんだもん。しょうがないでしょ」

口を尖らせて言えば、藤平はアハハと声を上げて笑う。

「大正桜子のそういう素直なところ、すごくいいと思うけど」

「藤平に褒《ほ》められてもなぁ……」

胡乱な目を向ける桜子に、藤平は驚いた顔をしてみせた。

「なによ。大正桜子の分際で、僕じゃ不満だって言うの？」

「だってイタリア男も真っ青の、天然タラシだし」

「ええ～？」

桜子の指摘に、藤平は納得がいかないのか、しきりに首を傾げている。

「まあ、いいけどね。そんなお腹ペコペコな大正桜子に朗報《ろうほう》です。今日僕はアクアパッツァを作る予定なんだけど、食べに来る？」

「えっ!?　アクアパッツァ？　――って、何？」

勢い込んで食いついたものの、その名前の食べ物は桜子の頭の中の辞書にはなかった。

桜子の返事にまたもや笑い声を上げながら、藤平は説明してくれる。

「魚介類を煮込んだスープよ。イタリア料理」

「え!?　美味しそう！」

イケメン藤平は料理上手だ。休日には手の込んだ料理を作って誰かに食べさせるのが趣味だというこの男は、世の女性をたらし込むために生まれたと言っても過言ではないと思う。

「……それなのに下心が皆無って、あんたって本当に性質《たち》が悪い男よね」

「え？　今そんな話してた!?　ひどくない!?」

藤平が泣き真似のジェスチャーをする。

――いかん。つい心の声が漏れてしまっていた。

唐突な悪口にも怒らないオネエなジェントルマン藤平に、桜子は「何でもない」と首を横に振りつつ、断りの言葉を返す。

「お誘いありがとう。でもごめん。今日はいいや」

「え!?」

よもや断られるとは思っていなかったのか、藤平が目を丸くする。

「正気!?　大正桜子が食事の誘いを断るなんて！」

「失礼だよ、藤平！」

憤慨《ふんがい》してみせたが、「いやいやいやいやいや」と言われながら、額に手を当てられる。

「熱はないわね」

「ちょっと」

「だって僕、大正桜子をご飯に誘って、断られたのは初めてだもん」

指摘され、桜子は黙るしかなかった。

おもてなし好きな藤平は、これまでも職場の人間を自宅に呼んで食事をふるまうことが何度もあった。桜子はそのたびにお呼ばれしていたが、確かに断ったことは一度もなかったように思う。

そう振り返っていたところ、顎に手をかけた藤平が思い出したように言った。

「あ、でも一回だけ断られたことあったわね。そういえば」

「ん？　そうだった？」

そんなことがあっただろうか。

自分で言うのもなんだが、かなり食い意地が張っているので、よほどのことがない限りタダ飯の誘いを断っただなんて想像できない。

「うん。確か、好きな小説の新刊が出るからって言われた」

「ああ、『ホーリーツインズ』シリーズの最新刊の時か」

藤平の言葉に、桜子はなるほど、とあっさりと納得した。

『ホーリーツインズ』シリーズとは、桜子の中学生の頃からの愛読書だ。

おそらく最新刊が出た二年前の話だろう。その半年前にアメリカで原書が刊行されてから、翻訳書が出るのを心待ちにしていたのを覚えている。

残念なことに、桜子は原書で読めるほどの英語力はない。

一度トライしたこともあるのだが、単語は拾えるものの、桜子が知らない言い回しが多すぎて、数ページで挫折《ざせつ》してしまった。なので、翻訳書が出るのを待つしかないのだ。

というわけで、いかに食い意地が張っている自分であっても、『ホーリーツインズ』シリーズを読むためなら、たとえ食事の誘いであっても断ったに違いない。

「あの時言ってた小説、〝ホリツイ〟だったんだ。大正桜子、ファンだったの?」

尋ねられ、桜子の目がキラリと光る。

「もう、だいっすき！　中学生の頃から、大ファンなの！　双子の王子なのに、生まれてすぐに引き離されて、片や光の王子として、片や闇の王子として育てられて。立場が違えど互いに義務をまっとうしようとする姿！　悲劇的な背景なのに、キャラクターが前向きで明るくて、共感できるし、それに――」

大好きな小説に言及され、怒濤《どとう》の勢いで喋り出す桜子に、藤平は目を白黒させた。

「ワァオ。本当に好きなのね。ホリツイファンは愛が深いって聞くけど、なるほどねえ」

「藤平は読んだことないの？」

桜子の問いに、藤平は肩を竦《すく》めて首を横に振った。

「残念ながら。でも、映画は見たことあるわよ。当時の彼女がファンだったの」

アメリカで十年前に児童書として刊行されたこのシリーズは、骨太な本格的ファンタジーとして、子どものみならず老若男女を魅了し、あっという間にミリオンセラーとなった。

その後世界中で翻訳され、数年後にハリウッドで実写映画化されたのだ。

この映画も記録的な大ヒットとなり、シリーズ化されて毎年新作が上映されている。

「映画も良かったけど、私はやっぱり原作が好きだな！　文字からの情報だと、視覚的な制限を受けないから、いろいろ想像が膨らむし」

桜子の力説に、藤平がクスクスと笑った。

「猛プッシュだわね。機会があったら読んでみるわ」

「そうしなよ！　あ、良かったら、今度貸すよ？」

桜子の提案に、藤平はやんわりと断りを入れてきた。

「ありがとう。でもそれはこのデスマを越えてからにするわ」

イケメンが苦しげに微笑む様子はなんだか耽美《たんび》的で、相手がオネエ口調の似非《えせ》イタリア男藤平だというのに胸がキュンとなりかけた桜子だったが、デスマという言葉に現実に引き戻された。

桜子の勤めるこの会計事務所において、デスマ——つまりデスマーチとは個人の確定申告期間である二月から三月の繁忙《はんぼう》期を指す。

つまり、三月初旬である今、現在進行形でデスマーチ真っ只中である。更にはこの後五月にも、法人の確定申告期間のデスマーチが待っていたりする。

今日は珍しく一段落ついたが、一段落の次には更なる仕事が待っている。小休憩の今、優先すべきは心と身体を休めることだ。

うんざりと遠い目になりながら、桜子は同じように茫洋《ぼうよう》とした眼差しで微笑む同僚に頷いた。

「そうだね……。とりあえず、デスマが終わってからだね……」

「うん……。大正桜子も、ちゃんと食べて、ちゃんと寝るのよ……」

「あんたもね……。アクアなんちゃら作ってる場合じゃないんじゃない？」

「いいのよ。僕の場合は、料理がストレス解消だから」

藤平の言に、桜子はうむりと一つ頷いて、潔く敗北を認める。

女子力において、自分は隣人に引き続き、同僚にも完敗した——。

「似非イタリア男なんて言って悪かったわ。あんたいい嫁になるよ」

「いつの間にか似非が付いてた！」

明日からまた始まるデスマに備え、会計戦士たちは互いを励まし合ったのだった。

＊＊＊

『三月はライオンのようにやって来て、仔羊《こひつじ》のように去っていく』

とは、イギリスの諺だっただろうか。

三月が、厳しい冬から始まって、穏やかな春で終わることの比喩的表現だ。

日本とイギリスでは気候が違うため、もちろん差異はあるだろうが、それでもなるほどよく言い表したものだと感心させられる内容だ。

冬至を越えて数か月、三月になったばかりの今、夜の訪れはずいぶん遅くなったが、寒さが和らぐのはもう少し先のようだ。

十七時を過ぎてもまだ夕暮れ程度の明るさを保った景色は、建物の中から見ればなんだかホッと安堵を覚えるものだったが、外に出てみれば、肌を刺すような冷気にホッとするどころではなかった。

「うう、寒いよぅ」

桜子はコートの首元を押さえるようにして歩き出す。

文句を言いながらも、その表情が明るいのは、このデスマの中、珍しく定時に上がれたためだけではない。

家に帰れば、柳吾の美味しい手料理が待っていると思うと、自然と足取りが軽くなろうというもの。

——あれ？　でも、美味しい手料理という点では、藤平のお誘いだって同じなのにな。

不意に脳裏を過った疑問を、桜子はなんとなく隅に追いやった。

深く考えてはいけない物事が世の中には多々あることを、この二十五年の人生の中で、桜子は既に知っている。無意識にしろそうでないにしろ、人はこうやって難しいことをスルーすることで、生きていけているのだ。

そこでふと、駅へと向かう途中にあるオシャレな外装の店で、桜子は立ち止まる。

ここは超有名なパティスリーで、お値段もびっくりするような高級店である。なにしろ、ケーキ一切れで軽くランチのお値段になるのだから。

大学時代に借りた奨学金の返済をしている桜子にとっては、贅沢《ぜいたく》以外の何物でもない。

普段なら決して入ることはないのだが、年に一回だけ、桜子はその贅沢を許している。

よし、と意気込んでから店の中に入り、ケーキを一つだけ選んで買った。どれにしようかと迷いながらも、毎年同じものを選んでしまう。シンプルなイチゴのショートケーキだ。

任務完了とばかりに店から出てきた桜子は、ふと香ばしい匂いが漂ってきて、鼻をひくひくとさせる。

目を遣れば、ビルの一階に新装開店したらしいブーランジェリーが路上販売をしていた。匂いに釣られるようにしてふらりと立ち寄れば、可愛い帽子を被った女の子が、三日月の形をしたパンを売っている。

「いらっしゃいませ！　クレッセントというパンです。良かったら試食をどうぞ！」

お腹はさほど空いていなかったが、勧められるがままに試食した。小さく切られた試食のパンはあっさりした塩味で、白米の代わりになってくれそうなシンプルなものだった。

——そうだ！

「これ、二つください」

桜子はそう言って小銭を出した。

柳吾には普段からご馳走になってばかりだ。もちろん後片付け程度はさせてもらっているが、何か形のあるものでも礼を返さなくてはと思っていた。帰宅時間が遅いため、これまで何かを買う暇《ひま》がなかったけれど、今日はいい機会だ。美味しいものを買って帰ろう。

そう思いついた桜子は、焼き立てのパンが入った紙袋を片手に、次の店へと急いだ。

思いつくままに買い物をしていたら、両手が紙袋で塞《ふさ》がってしまった。なんだか残業した日以上に疲れた気がする。

桜子は一旦自宅に帰って余計な荷物を置くと、それでもたくさんの紙袋を抱えて、ヨタヨタとしながら隣の部屋へと向かう。

柳吾の部屋のドアの前に着くと、慣れた手つきでインターホンを鳴らした。

――いち、に……。

心の中でゆっくり数えていると、さん、のタイミングで内側から声がする。

「はい」

桜子はにんまりとしてしまう。

毎日の訪問で、家主のタイミングをすっかり習得してしまった。

「はーい」

名乗りもせず返事をしただけの桜子に、それでも合い言葉のように扉は開かれる。

開いたドアから、柳吾が柔和な美貌を覗かせた。

「おかえり。早かったな」

桜子はこくりと頷いた。買い物をしてきても、いつもの帰宅時間よりも二時間ほど早い。

「ただいまです！　今日は珍しく残業がなかったんですよ」

「そうなのか。それにしても、すごい荷物だな」

ドアを長い腕で開いて桜子を迎え入れながら、柳吾が目を丸くする。

「あ、これ、全部おみやげなんです！　いつもご馳走になってるお礼です。一緒に食べましょう！」

「はい！」と元気良く紙袋を差し出せば、条件反射のように受け取りながらも、柳吾は眉間に皺《しわ》を寄せた。

「気を遣わなくていいのに。料理は僕の趣味だと言っているだろう」

「気を遣ってるわけじゃないですよ！　柳吾さんと一緒に食べたかっただけです！」

桜子はそう言ってはみせたが、本当は気を遣っていた。

むしろ社会人として当たり前の礼儀であろう。……少々今更な気もしなくはないが。

一度食費を入れると提案したことがあるのだが、すげなく却下された。

『これは僕の趣味だ。趣味に付き合わせて悪いと思っているくらいなんだから、気にしないでくれ』

とむすっとした顔で言われ、口を噤《つぐ》むしかなかったのだ。

柳吾は在宅の仕事をしているようで、あまり外出する素振りを見せない。無論、一見そうは見えないのに、実は飛びぬけた高所得者がいることが割と珍しくないのは、職業柄よく知っている。

それでも、柳吾の生活を見るに、とても堅実だ。

着るものや家具などはオシャレに整えているようだが、ものすごい高級品というわけでもなさそうで、それほど高所得者とは考えにくい。

なにしろ、こんなボロアパートに住んでいるくらいだ。人のことは言えない身ではあるが、だからこそ、タダ飯をずっと食らい続けるというわけにはいかないのである。

年上としてのプライドがあるのか、柳吾はまだ納得のいかない顔をしていたが、桜子の笑顔にここは譲ることにしたらしく、溜息とともに「ありがとう。いただくよ」と言った。

その返事に、桜子は満足して笑みを深めた。

「ふふふ。美味しそうなワインなんです！　赤なんですけど、大丈夫でした？　私、ワインは赤が好きで。ミネストローネリメイクのグラタンに合うかなって。あとは、パンとチーズと食後のデザートにチョコレート！」

一緒に紙袋の中を覗き込みながら、一つひとつ説明すれば、柳吾はふっと表情を綻《ほころ》ばせた。

「豪勢だな」

その笑みがあまりに優しく、そしてきれいで、桜子はドキリとしてしまう。

そんな自分の心臓に猛烈に抗議したい気分になりながら、桜子は何でもないふりをしてはしゃいだ声を出した。

「でしょう!?　買った時からもう楽しみで、早く食べたくって！」

「ああ、すまない。君がもっと遅いと思ったから、まだ晩ご飯の支度が終わってないんだ。グラタンは焼くだけで、あとはサラダを盛り付けるだけだから、そう時間はかからないが」

「そんなの全然構いませんよ！　むしろ、私の帰宅時間に合わせてもらって、申し訳ないです！」

元気に喋《しゃべ》りながらリビングに入れば、あたためられた部屋の温もりに、ホッと吐息が漏れる。

「ふあ～……あったかぁい……！」

「寒かっただろう？　ヒーターの前で温まるといい」

自身はキッチンに入ってエプロンを身に着けながら、桜子にリビングの奥の部屋を指し示す。

「さっきまで仕事をしていたんだ。そっちの部屋にある赤外線ヒーターを持っておいで」

指示されて、桜子は目を瞬いた。

「え？　私、あの部屋に入ってもいいんですか？」

まるで自分の実家のように詳しくなった柳吾の家だったが、その部屋には一度も立ち入ったことはなかった。

おそらく柳吾の寝室だろうと思っていたのだが、仕事もどうやらそこでしているようだった。桜子が来る時には必ずドアが閉ざされていたから、入ってはいけないのだろうと思っていたのだ。

桜子の問いに、柳吾は忙しく手を動かしながら、何でもないことのようにサラリと許可を出す。

「いいよ。君に見られて困るものは出してないし」

見られて困るものって何だろう、と独り言を言いながらも、桜子は好奇心を抑えられず、そのドアに手をかけてそっと開ける。

「おじゃましま～す……」

断りの文句を誰とはなしに言って覗き見る。

「……う、わぁ……！」

思わず、感嘆の声が漏れた。

六畳くらいの広さだろうか。その部屋は本で埋め尽くされていた。ドアの正面の壁一面にスライド式の本棚が置かれ、中にぎっしりと本が詰まっている。

「すごい……！　これ、全部本なんですか？」

圧巻の光景に思わず飛び出した質問に、キッチンから柳吾の呆れた声が返ってくる。

「それ以外の何に見えるんだ」

「いや、本に見せかけたＤＶＤとか、漫画とか……？」

自分で言っておきながら、変な質問をしてしまったと苦笑しながら適当に答えれば、意外な声が返ってきた。

「ああ、ＤＶＤはないが、漫画はあるはずだよ」

「えっ!?　柳吾さん、漫画も読むんですか!?」

柳吾には、品行方正でかっちりとしたイメージを強く持っていた桜子は、目を見開いて振り返る。柳吾はオーブンの中にグラタンを入れているところで、こちらを見ないまま肩を竦めていた。

「僕は割と雑読家だよ。面白そうなら何でも読む。それこそ、小説や漫画のみならず、哲学書から経済書までね」

「活字中毒……？」

言いながら、そういえば以前職場にも、字を読んでいないと落ち着かないという人がいたのを思い出す。その人は本でなくてもよく、新聞やはたまたチラシでもいいから字を読んでいたいという、変わった人だった。

桜子の呟きに、柳吾はもう一度肩を竦めた。

「否定はしないな」

なるほど、と納得して、桜子はその部屋の中に入る。

大きな本棚の中には、柳吾の言ったように漫画も確かに置かれてあった。だがそれ以外にも本当に多岐にわたる分野の本が整理され、収納されている。

驚いたのは、中には英語や、読めない言語で書かれた本もたくさんあったことだ。

というより、ほぼ半数が英語の書物だった。

「柳吾さん、英語読めるんですか!?」

「僕の父親はアメリカ人だからね」

「ええっ!?」

桜子は仰天した。

柳吾は確かに茶色の髪と目をしていて、彫りも深い造作だが、一見日本人にしか見えない容姿だ。最近は純日本人であっても外国人に負けないくらい、顔面の凹凸《おうとつ》の深い人が珍しくなくなってきている。

だから彼はそういう類《たぐい》の日本人なのだろうと思っていたのだ。

「柳吾さんハーフなんですか!?」

訊ねながらも、なるほど、と妙に納得する。長身な上、手足が長く八頭身というモデルのような骨格や、この端整な美貌はそれ故だったのだ。

「ハーフという表現は実に日本人らしいな」

返ってきた言葉に、桜子は目を瞬く。

「え？　そうなんですか？　じゃあなんて言うのかな？　ミックス？」

「mixというよりはmixedかな」

「発音がネイティヴ！」

「ネイティヴだからな」

その返答に、半分異国人だとわかっても、やっぱり柳吾は柳吾だな、と桜子は興奮が冷める。ハーフでもミクストでも、小憎たらしいことに変わりはない。

「アメリカなどに比べて、いわゆる混血の割合が少ないから、そういう表現になるんだろう。アメリカでは三つ以上の国の混血も珍しくはない。僕自身、アメリカと日本の混血だけど、父親がアイルランドとインドの混血だ。そもそも混血という表現が、現在の時点での国境に基づく国籍によるカテゴライズなのか、あるいはセム語・ハム語・印欧語といった言語系統による民族カテゴライズなのか、あるいはアングル人、ジュート人といったように起源の地域をどこに持つ部族であるかというカテゴライズなのかで、話は違ってくると思うんだ。無論、いずれのカテゴライズでもよく似た結果が出るだろうことは、地理的に当然なんだが――」

「あ、すみません柳吾さん面倒くさいんでその辺はいいです」

延々続きそうな柳吾のうんちく講義をさらりといなしながら、本棚の中身を眺めていた桜子は、ある本の背表紙を目にして心臓が止まりそうになった。

「あああああああ!!」

驚きのあまり絶叫してしまった桜子は、すっ飛んできた柳吾に、ベシ！　と頭を叩かれる。

「やめなさい！　声が大きい！　ご近所迷惑だろう！」

「だ、だって！」

「だってもヘチマもない、このおたんちんめ！　……え？　桜子、君、泣いているのか？」

柳吾の怒りの形相は、振り返った桜子が顔を真っ赤にして、目に涙をいっぱいに溜めているのに気づいた途端、狼狽《ろうばい》の表情に変わる。

桜子は見つけたお宝を震えながら指さした。

本棚の一番下の段に並んでいたのは、桜子の不得意な英語の本だ。

だが、これだけは読める。

『Holy Twins』

桜子の愛読書、『ホーリーツインズ』シリーズの第一巻だ。

しかも、これは初版本。背表紙の色でわかる。

『ホーリーツインズ』シリーズのテーマカラーは赤だ。それは双子の血と情熱を表しており、現在の本の表紙の色はすべて赤が使われている。

だがまだブレイク前に出た、一巻の初版本だけは、表紙の色が白なのだ。タイトルにある『聖なる』をイメージしたためだと言われている。

ブレイク前だったため刷られた数が少なく、ファンの間では『幻のホワイトツインズ』と呼ばれ、プレミア物扱いされているのだ。

おまけに、姿を公表しないことで知られており、正体不明とさえ言われている作者が、このホワイトツインズの刊行時にだけ、購入者にサイン本を手渡すというイベントを小さな書店で行ったことでも有名だった。

「ま、幻のホワイトツインズが……ここに……！」

夢を見ているような気持ちで呟けば、柳吾が怪訝な顔をする。

「ホワイトツインズ？　これはホーリーツインズという本だぞ？」

「し、知ってますよ！　らからこれは幻と言われている初版本なんれす！」

「大丈夫か？　舌でも噛んだのか？」

柳吾に説明しようとするのに、感動のあまり舌がうまく回らない。呂律《ろれつ》の回らない桜子を心配しながら、柳吾が背後から長い腕を伸ばし、すっと本棚から件《くだん》の本を引き抜いた。

「ああ、そういえばこれは初版本だったな」

何の気負いもなくそう言いながら、無造作に中を開く様子に、桜子は言葉もない。

どうやらこの貴重な本の持ち主は、特にホリツイファンなわけではないようだ。

——これがいわゆる『豚に真珠』というやつか！

「勿体《もったい》ない！　こ、これがファンにとってどれだけの価値があるか……！」

盛大に嘆きながら、柳吾の手元の本を覗き込んで、またもや絶句した。

「ひぃいいいいい！」

「だから奇声を上げるのはやめなさい！」

べし、と再び頭を叩かれても、桜子は大口を開けたまま打ち震えることしかできない。

「おい？　桜子？」

奇声を上げたり震えて固まったりと、桜子の奇天烈《きてれつ》な挙動についていけない様子の柳吾は、眉間の皺を一層深くしている。

「サ、サイン本……!!」

「は？」

「サイン本じゃないですかこれっ!!　アレックス・R・M・ローランサンって入ってる！入ってるぅううう！」

アレックス・R・M・ローランサンとは、ホリツイの作者の名前である。

本の一ページ目に書かれた、外国人特有の、何が書いてあるかわからないクシャクシャした筆記体。だがホリツイフリークであると自負する桜子には、無論それがローランサン大先生のサインだと瞬時にわかる。なにしろ、どれほどそのサインに焦がれたことか！

ネットで日本人のホリツイファンが、直筆サインをゲットしたという慶事《けいじ》をブログにアップしているのを、グギギとハンカチを噛み締めながら何度も眺めたものだ。

——その直筆サインが、今、目の前に！

ついにうわーんと泣き声を上げながら桜子が指摘すれば、柳吾は狼狽えながら頷いた。

「そ、そういえばそうだったな……」

「うわーん『そういえば』とか、この罰当たりもんがぁあああ!!」

怒りを炸裂させながら、自分より頭一つ分背の高い彼の首元のニットを両手で摑む。

ガクガクと揺さぶってやりたかったが、この優男《やさおとこ》、見た目よりもガッチリしているのか、桜子の腕力では微動《びどう》だにせず、オシャレなタートルネックのニットが伸びるに留まった。

「君、この本が好きだったのか」

「好きっていうか、もう愛してます。ラブです。うぃずおーるまいはーと」

キリッとした顔で返せば、柳吾はしょっぱい顔をした。

「ひどい発音だ」

「お黙り説教マン！」

歯に衣着せぬ応酬の後、互いに真顔で一瞬の間を経てから、柳吾は手にしていた本を無造作に閉じた。

「ほら」

ポン、と両手の上に、その白い表紙の本をのせられて、桜子はハッと顔を上げる。

「えっ——」

「あげるよ」

アッサリとそんなことを言われ、桜子は気が動転してしまう。

「え……えええええ!?　そんな、だって、このホワイトツインズはプレミアが付いてて、ファン垂涎《すいぜん》!!　しかもサイン入りなんて、ネットオークションだとかなりの値段が付く逸品なんですよ!?」

アワアワとこの本の価値を説明するも、柳吾は肩を竦めるばかりだ。

「僕にとっては別にプレミアなんか付いちゃいないし、僕よりも、この作品を愛していると言ってくれる君の手元にあった方が、その本も嬉しいだろう」

「そ、そんな……」

半ば茫然《ぼうぜん》と端整な顔を仰ぎ見ていると、柳吾はわずかに眉根を寄せた。

「欲しくないというのなら、別段無理強いはしないが――」

言いながら桜子が抱えている本に手を伸ばされ、咄嗟《とっさ》に仰け反って叫ぶ。

「ほ、欲しいです！　要ります！　私のです！」

顔を真っ赤にして本を守るように抱き締める桜子に、柳吾は目を丸くして、それからクスリと笑った。

「うん。大事にしてやってくれ」

「あ、ありがとうございます！　大事にします！　家宝にします！」

「いや家宝にはならないだろう……」

大袈裟《おおげさ》な物言いに、柳吾が呆れたように苦笑するが、桜子はブンブンと勢いよく首を横に振る。

「なります！　なるんです！　嬉しい！　すっごく、すっごく嬉しいです、柳吾さん‼」

満面の笑みを浮かべる桜子を見て、柳吾は眩しそうに目を細めた。

「……そうか。君が喜んでくれて、僕も嬉しい」

そんなふうに言われて、優しく微笑まれて、桜子はなんだか無性に泣きたくなった。

——本当に、いい人だ、柳吾さん……！

この人は、他人の歓びを自分の歓びと思える人なんだと実感する。

思えば、柳吾はいつだってそうだった。

桜子が歓ぶからご飯を作って食べさせてくれて、何の見返りも求めない。

慈悲が深すぎる。

この人はやはり女神なんじゃないだろうかと、桜子は心の底から思った。

——柳吾さんみたいに、なりたいなぁ。

誰かの歓びのために、無償で動ける人になりたい。

人の歓びを、自分の歓びと思える人になりたい。

柳吾の善良さの恩恵に与ることを、当たり前にしたくない、と桜子は思う。

Holy Twins
Alex.R.M.Laurencin

――私も、彼に何かを返せるようになりたいな。

どうしたら、なれるだろうか。

そう考えていると、柳吾がポン、と桜子の頭に手を置いて言った。

「さあ、ご飯にしよう。オーブンに入れたグラタンが頃合いだろう」

言われてようやく、いい匂いがしていることに気がついた。いつもなら美味しい匂いにはもっと早く気づきそうなものなのに、なんだか今日は鼻が利かない気がした。すん、と鼻を鳴らしてみると、なんだか鼻の奥が腫《は》れぼったい感じがする。

これが風邪っぽいってやつかな、と思ったが、あまり風邪を引いたことのない桜子は判断がつかない。

――いやいや。美味しいものを食べれば、こんなのきっと吹っ飛んじゃう。

キッチンに目をやれば、ダイニングテーブルの上には既にサラダやワイン、カトラリーがセットされている。

「今日はグラタンに、パンとチーズ、ワインに、チョコレートか。ご馳走だな。ありがとう、桜子」

「とんでもないです！　こちらこそ、いつもいつも、本当にありがとうございます！」

敬礼してお礼を述べれば、柳吾はおかしそうに声を立てて笑った。

温かく、美味しいご飯を囲みながら、桜子は己の身の上に振ってきた、この奇跡のような幸福を噛み締める。

もし初めて会ったあの時、桜子のお腹が鳴らなかったら。

あるいは、桜子の勝負パンツが柳吾のベランダに落ちなければ、今のこの幸福はもちろんなかっただろう。

きっと今頃、一人寂しく自宅でコンビニのおにぎりを齧っていたに違いない。

こんなにも温かく、優しいものを知ってしまえば、もう知らなかった頃には戻れない。

——手放したくない。

自然と心に湧いてきたその執着に、桜子はドキリとしてしまう。

ダメだ、と内心で首を横に振る。

この感情はよろしくない。

慈悲は与えられるからこそ、幸福なのだ。

欲を出し、もっと寄越せともぎ取ろうとすれば、女神の慈悲の手は消えてしまうだろう。

だから桜子は、熱々のグラタンを飲み込むのと一緒に、その執着を心の底にそっと沈める。

今夜の晩餐も、美味しくて、幸せだった。

それだけでいい。それだけで、桜子は、とても幸せなのだから。

けれど、幸せな上にお腹ペコペコなはずの桜子だったが、この日はあまり食べられなかった。

桜子の残したグラタンを見て、柳吾が心配そうに眉を寄せる。

「どうした？　もう終わりか？」

「すみません……どうしたのかな？　ホワイトツインズをもらったから、胸がいっぱいなのかも……」

そう言ってヘラリと笑ったものの、なんだか目の前がグラグラしている。

「何をばかなことを。熱があるんじゃないか？　顔が赤いし、目も潤《うる》んでいる。今日はもう帰って寝なさい」

柳吾にそう言われると、なんだか急にゾクゾクと寒気がしてきた。

せっかく作ってくれたご飯が、と思うと申し訳なく「でも」と躊躇《ためら》えば、柳吾は苦笑いをして肩を竦めた。

「君の分は取っておくよ。火の通ったものだから明日まではもつだろう。安心しなさい」

ポン、と頭を撫でられ、桜子はホッと息を吐く。

ご飯が食べられないことが不満だったわけではないが、せっかく作ってくれたものが無駄になるのは忍びない。申し訳ないことをしなくて済んで安心した桜子は、柳吾の助言に素直に従うことにしたのだった。

＊＊＊

夜中にふと目が覚めて、柳吾はベッドからむくりと起き出した。

ヘッドボードの上にある時計を確認すれば、まだ三時を過ぎたところだ。床に就いてから数時間しか経過していないのに、目が覚めてしまった理由はわかっている。

具合の悪そうだった隣人の様子が気になっていたからだ。

いつもは気持ちがいいほどの食べっぷりを見せる桜子が、今日に限ってほとんど食べていなかった。自分が飲みたいと言って買ってきたワインにも、ほとんど口を付けなかったのだ。

——あれは、熱が出ているに違いない。

潤んだ瞳、そして帰り際には悪寒がすると言っていた。自分が発熱する際にも同じような症状になるので間違いないだろう。

そして迂闊《うかつ》極まりないあの娘が、急な体調不良に備えているとは考えにくい。

——仕方ない。様子を見に行くか……。

こんな時間に婦女子の部屋を訪問するのは気が引けるが、今は緊急事態だ。

そもそも、心配で目が覚めてしまったのだから、今から寝直そうとしたところでどうせなかなか寝付けないだろう。

あの娘にこんなにも庇護欲《ひごよく》をそそられてしまうのはなぜだろう。

少女と見紛うほどあどけない容姿なのに、しっかりと地に足をつけて自らの力で生きている逞しい女性だ。だがこちらが驚くほどウッカリもしていて、目が離せない。そのくせ何かにつまずいても「大丈夫、大丈夫！」とヘラリと笑って、また自分で立ち上がって歩いていってしまうのだ。

飄々《ひょうひょう》と世渡りをしている姿は、人からご飯をもらうくせに、決して飼われようとはしない、気高きノラ猫のようだ。

——僕は懐かないノラ猫を飼おうとしているのかもしれないな。

無益なことをしているとわかっているのに、ついつい世話を焼いてしまう自分に苦笑しながら、柳吾は寝衣の上からコートを着込んだ。

隣の部屋の前まで行くと、やはり寝静まっているようだ。

そのまま帰ろうかとも思ったが、なんとなく嫌な予感がして、ドアノブを回してみる。

「——開いている……」

頭が痛くなる。本当に、迂闊極まりない粗忽者だ。

若い娘が不用心すぎる！　と腹を立てながら、一応ノックをしてから中に入った。

「桜子？　柳吾だ。入るぞ」

声もかけたが、返事がない。

こちらの部屋は柳吾の部屋とは違い、ワンルームのようだ。

入ってすぐに台所があり、奥にもそのまま部屋が続いている。

豆電球だけは点けたまま眠る習慣のようで、オレンジ色の薄暗い光源が部屋の様子を浮かび上がらせていた。

ベッドがこんもりとしているので、眠っているのだろう。

そっと近づいて様子を見ると、荒い呼吸音が聞こえて、やはり、と思った。

桜子はあお向けに寝ており、額を触れれば燃えるように熱い。だが汗をかいておらず、小刻みに震えていることから、まだこれから熱が上がるだろうと予想された。

「桜子」

そっと呼びかけると、ややして黒い睫毛が震え、うっすらと瞼が開いた。

ぼんやりとした表情でこちらを見上げる眼差しは潤んでいて弱々しく、いつもの意志の強そうな光がない。

「りゅ、ご、さん……？」

夢でも見ているような、普段の騒々しい彼女には見られない覚束《おぼつか》ない物言いに、きゅう、と心臓が掴まれた気がした。

まったく、ギャップで庇護欲を煽《あお》るとは、本当に猫そのもののようだ。

額にかかる髪を掻き分けるように撫でてやれば、苦しそうな呼吸をしながらも気持ちよさげに目を閉じて、すり、と手のひらに顔を擦り付けるような仕草をする。

柳吾の手の冷たさが気持ちいいのだろう。

――可愛いな。

じわりと愛しさが込み上げてきて、柳吾はできるだけ優しい声を出した。

「苦しいか？」

――早く治すためには熱をあまり下げない方がいいが、辛いようなら苦痛の緩和のために、解熱剤を飲ませよう。

発熱時の基本的な看病の知識を頭の中から取り出しながら尋ねれば、桜子は意味を考えるように一度ゆっくりと目を瞬き、それからくしゃりと眉を下げた。

「……うん。……ごめんなさい」

まるでそう告げることが悪いことのように、おずおずと返された言葉に、柳吾の胸が痛んだ。

――どうしてこの娘は、差し伸べられた手を取ることに、怯えるのだろう。

一緒に食事をするようになって感じるのは、自分とこの娘との間にある、見えない壁だ。

初対面の人間から手料理を馳走してもらうくらい図太いわりに、彼女は自分のことをほとんどと言っていいほど喋らないのだ。

少々惚《とぼ》けた性格ではあるが、明るく屈託《くったく》のない桜子は、一緒にいて気持ちのいい娘だ。

柳吾の作った食べ物が美味しいとか、その日にあったことなどを面白おかしく話して聞かせてくれるので、会話に困ることはない。だが、その内容がいつもその場限りの楽しいものばかりだということに、柳吾は気づき始めていた。

桜子は、こちらの内側に踏み込んでくることはしない。だが、自分の方に踏み込ませもしないのだ。人の手から餌をもらうくせに、決して抱かせないノラ猫のようだ。

柳吾の作った晩ご飯を気持ちよくたいらげるが、それを当たり前とせず、お礼の言葉以外にも、今回のようにパンだワインだと『お返し』を忘れない。

――ずいぶん義理堅いノラ猫だな。

と感心する反面、それを不満に思う自分もいる。

もっと甘えてくれればいいのに。体調の悪い時など、特に。

柳吾は桜子の額にのせた手を、もう一度優しく動かした。

「わかった。薬と飲み物を取って来よう」

そう言い置いて立とうとすれば、くん、と袖を引っ張られて振り返る。

桜子が柳吾のコートの袖を摑んで、不安げに見上げていた。

「いっちゃうの……?」

まるで捨て猫のような目だった。

無性に彼女を抱き締めたい気持ちになったが、それをやってしまうとセクシャルハラスメントになるだろう。まして、彼女は今、病人だ。

柳吾は衝動を内側にグッと押し込めて、袖を摑む桜子の小さな手を握る。

「すぐ戻ってくるよ。安心して待っておいで」

柳吾の言葉に、桜子は安心したように目を細め、やがて瞼を閉じる。

また眠ったようだった。

柳吾はいつもより幼さが増したその顔を眺めてから、立ち上がった。

自宅へ戻り、常備している解熱剤と体温計と数枚のタオルと毛布を持って再び桜子の部屋に赴《おもむ》く。

大荷物になったが、鍵をかけていない部屋に、彼女をそのままにはしておけない。桜子がちゃんと目覚めるまで柳吾もそちらにいることにしたので、自分用の毛布が必要だ。

桜子に薬を飲ませようとして、飲み物を持ってくるのを忘れたことに気がついた。

自分に舌打ちしたくなりながら、もしかしたら桜子の部屋にあるかもしれないと、台所にある小さな冷蔵庫を開けた。

案の定、冷蔵庫はほぼカラッポという有り様だった。

使いかけのマーガリンと、ペットボトルに入ったお茶、そして小さな箱だけだ。

生鮮食品は何もない。料理をしないと言っていたからこんなものだろうが、もう少し何かあってもいいのではないだろうか。

「しかしお茶よりもスポーツ飲料水のようなものの方がいいんだが……」

ぶつぶつと独り言を呟きながら、これは何が入っているんだ、と小さな箱の中を検《あらた》める。

「ケーキ……？」

中に入っていたのは、小さなショートケーキだった。一人用サイズなのに、そぐわない大きさのチョコレートプレートがのっている。その上に書かれた『桜子、お誕生日おめでとう！』の文字を読んで、柳吾は目を見開いた。

「……まさか」

ケーキの箱をよく見れば、賞味期限の記載されたシールが貼ってある。

日付は、今日――いや、もう昨日か。

――誕生日だった？　だったら、なぜ――。

自分に言わなかったのか。そうすれば、贈り物くらい用意した。それができなくとも、おめでとう、と一緒に祝うことができたのに。

訝しく思う柳吾の脳裏に、温もりが恋しいくせに、抱こうと差し伸べた手をすり抜けて逃げていく、意地っ張りのノラ猫の後ろ姿が浮かんだ。

＊＊＊

夢を見ていた。

頭が痛くて、苦しくて、誰か助けて、と泣いているのに、誰も来てくれない。

——ああ、そうだった。

誰かを呼ぼうと伸ばした手を下ろして、桜子は思う。

誰かを求めて、手を伸ばしてはいけないのだった。

誰かを求めて、声を上げてはいけないのだった。

『自分の足で立つんだよ、桜子。そうしたら、誰も文句は言えない』

——わかってるよ、お父さん。誰にも文句は言わせない。

『なんにも遺《のこ》してなくて、ごめんね。不甲斐ない親で、ごめんね』

——大丈夫だよ、お母さん。私はちゃんとやれるから。

『いつまでもあると思うな親と金！』

『親が自分より早く死ぬのは当たり前だよ、桜子』

——本当に、シャレにならないよ、二人とも。

能天気で剛毅《ごうき》な父親と、これまた能天気で優しい母親。

愛してもらった。二人とも、死ぬ間際まで、一人娘である桜子にめいっぱいの愛を注いでくれた。

——だから、大丈夫。私は、自分の力で生きていける。

『悪いけど、進学はさせてやれないよ、桜子ちゃん。お前のお父さんとお母さんが死んでしまって、お前のお祖母ちゃんの面倒は私たちが見ないといけない。私たちも共働きだ。お祖母ちゃんは手がかかるから――』

同居していた祖母は、両親が死んでから認知症が一気に進んだ。

父に兄弟はなく、自分と祖母を引き取ってくれたのは母方の叔父夫婦だった。

当然、彼らと祖母に血縁関係はない。祖母を施設に入れることになったのは、仕方のないことだった。

祖母を施設に入れるお金は、両親が唯一貯めていてくれた桜子の学資保険をすべて充《あ》てた。

桜子には、何もなくなった。

それでも、唯一の肉親となった大好きな祖母だけは、守りたかった。

大学には奨学金で通った。叔父は働けと反対したが、叔父の家を出て、これ以上迷惑をかけないことを約束して、納得してもらった。

――大丈夫、自分の足で立っていれば、誰にも文句は言われない。

誰にも頼ってはいけない。

――自分の足で立っていなければ、ダメだと文句を言われてしまう。

誰にも助けを求めてはいけない。

――助けが来なかった時に、きっと私は崩れてしまうから。
だから、言わない。
だから、大丈夫。
私は、大丈夫。

「桜子」

優しい声がして、ふわりと大きな手が額にのった。
誰だろう。こんなふうに、優しく、甘く、呼んでくれるのは。
――知ってる。この声。
お説教が好きで、お節介で。でも、いつだって、あたたかくて優しい。
重たい瞼をゆっくりと開けば、思った通りの顔が見えた。
「りゅ、ご、さん……？」
柳吾さん。
たまたまお隣になっただけの、知らない男の人だった。
それなのに、まるで家族のように桜子を心配して、世話を焼いてくれる。
柳吾が何か言っている。それをぼんやりと眺めていると、彼はどこかへ行こうとしてしまう。心細くなって、思わず袖を摑んで引き留めてしまった。

——あ、しまった。

心の底がヒヤリと冷える。誰にも頼ってはいけないのに。

手を振り払われたらどうしよう——そう怯んだ時、柳吾がふわりと微笑んだ。

「すぐ戻ってくるよ。安心して待っておいで」

凍えていた心が、ゆる、と解けそうになった。

——いけない。

慌ててぎゅっと固めたけれど、柳吾が手を握ってくれたから、どうしてもホッとするのを止められない。安堵してしまうと、とろりと眠気が襲ってきた。

『安心して待っておいで』

柳吾のくれた言葉を抱くようにして、桜子は瞼を閉じた。


パカリ、と目を覚まして、桜子はむくりとベッドから起き上がる。

——あれ？　なんか夢を見てた……みたいな？

しかも、すごく良い夢だったような気がする。けれど身体がひどくだるい。

——そういえば、昨夜柳吾の部屋で体調が悪くなったんだった……。

と思い出したところで、ベッドの上に自分以外の人間がのっていることに気がつき、仰天した。

「ひっ……！　……って、柳吾さん……？」

自分の隣に突っ伏しているのは、なんと柳吾だった。

見慣れぬ柄の毛布を被って、すやすやと眠っている。

「え、なんで……」

狼狽したものの、辺りを見回して、ペットボトルのお茶や体温計、薬のケースなどを発見し、彼が知らぬ間に看病に来てくれていたのだとわかった。

きっと優しい彼のことだから、昨夜自分の部屋で具合の悪くなった桜子を心配して、様子を見に来てくれたのだろう。

「うわ、申し訳ない……！」

思わず叫んでしまいながら、彼が来てくれたことにも気づかず眠りこけていた自分の不甲斐なさを呪う。

桜子が頭を抱えていると、その動きで目が覚めたのだろう。柳吾が目を擦りながら起き上がった。

「……桜子？　起きたのか。具合はどうだ？」

「は、はい！　昨夜はなんだか、いっぱいご迷惑をおかけしたようで、すみません！」

ベッドの上で九十度にお辞儀をすれば、柳吾はプッと噴き出した。

「……すっかり元通りだな」

「え？」

「いや、気にしなくていいんだ。困った時はお互い様と言うだろう？　隣人愛というやつだよ」

隣人愛、と言われ、なるほど、と桜子は頷いた。そういう博愛主義的な物の考え方か。それならば、同じように返せばいいのだろう。

「ありがとうございます！　じゃあ、柳吾さんが病気の時は、私を頼ってくださいね！」

桜子の言葉に、柳吾は微笑んだ。

「是非お願いするよ」

「はい！」

「とりあえず、もう一度熱を測りなさい。今は解熱剤で下がっているだけだから、今日の仕事は……」

「仕事!?　大変！」

仕事と聞いて、桜子は一気に現実に引き戻される。

バッと首を捻って時計を見れば、もう出勤ギリギリの時間だ。

「きゃー！　急いで支度しないと間に合わない！」

ベッドから飛び出してバタバタと支度を始める桜子に、柳吾は呆気に取られていたが、すぐに慌てたように言った。

「おい！　君、まさか仕事に行く気じゃないだろうな!?」

「今日はどうしても行かなきゃいけないんです！　仕上げなきゃいけない書類があって！　柳吾さん、申し訳ないんですが、お礼はまた帰ってから改めてしますので！」

「いや、お礼とかそういう——って、うわあああ！　いきなり服を脱ぐな！　破廉恥《はれんち》な!!」

パジャマを勢いよく脱ぎ出した桜子に、柳吾がギョッとした声で叱り飛ばす。

片手で自分の目を覆い、グルン、と桜子とは逆方向に顔を向けた。

だが桜子にはそんなことに構っている暇などない。

「時間がないんですー！」

パジャマをポイポイと脱ぎ捨て、下着姿でシャツを探す桜子に、柳吾は諦めたように
「ああ、もう！」と声を上げて玄関に逃げ出した。

「君、仕事の合間でも構わないから、必ず病院へ行くんだぞ！」

最後まで世話焼きオカンな発言を残し、柳吾は帰っていった。

桜子は超特急でメイクを施しながら、「ありがとうございます……」と呟く。

大慌てでそれどころではないはずなのに、怒って真っ赤になった柳吾の顔を想像すると、

心の中がほんわかとあたたかくなった。

＊＊＊

パソコンのキーボードでアルファベットを打っていた柳吾は、不意に手を止めた。

この先の言葉が出て来ない。

溜息を吐いて椅子の背もたれに体重を預ける。

少し進めては、また止まる。その繰り返しだ。

以前はこうではなかった。自分の中に津波のように押し寄せる衝動に任せていればよかった。熱病にも似たあの衝動は、一体どこへ行ってしまったのか。

——それでも、少しはマシになったのだから。

柳吾は焦燥感に駆られそうになる自分に、そう言い聞かせて深く息を吐く。

一時は自分の中が空っぽになったかのように、何も感じられなくなってしまっていたのが、再び胸に燻るような熱が熾り始めたのだ。

長く続いていた膠着《こうちゃく》状態を脱却するきっかけとなってくれたのは、お騒がせ隣人、桜子だった。

——あの子が、あんなふうにキラキラとした笑顔を向けるから。

自分の本棚からあの本を見つけ出した時の、興奮した様子。まるで自分の家の庭から黄金でも掘り当てたみたいな騒ぎようだった。もう成人しているはずなのに、小さな子どものように、全身で驚きと喜びを表現していた。

あまりの騒ぎように、その本をあげると言った時の仰天振りもすごかった。最初はその本の価値を熱く語り出し、譲ると言った柳吾を窘めさえする有り様。次に満面の笑みで「家宝にします！」などと言った。

——家宝なんて。

思い出し、柳吾は思わず笑みが零れる。真っ向からあれほど純粋な喜びを向けられると、自分の中にも、かつての純粋な衝動が蘇る心地がした。

『ただ、好きだから』

『ただ、面白いから』

振り返れば、柳吾にとってもその思いが原動力だったのだ。

始めた時の新鮮で純粋な気持ちを思い出させてくれた隣人を思い、柳吾は時計に目を遣った。

——そろそろ、桜子が帰ってくる時間だな。

今朝、まだ熱が下がり切っていないのに出勤すると言って飛び出していった、たわけ者の隣人の顔を思い出し、口をへの字に曲げる。

彼女が会社員として自分の務めをなんとしてでもまっとうしようとする姿勢は、評価するべきなのかもしれない。

「だが、それで身体を壊していたら本末転倒だろう」

プリプリと怒りながらも台所に立ち、彼女のためにおかゆを炊《た》こうとしている。

そんな自分に呆れてしまいつつも、仕方ないのだ、と心の中で言い訳をする。

熱にうかされた桜子が、袖を摑んでこちらを見上げてきた時の眼差しが、まざまざと脳裏に蘇った。

頼りなげな、捨て猫のような目。

「あんな顔をされたら、誰だって手を差し伸べずにはいられないだろう！」

半ば逆ギレしつつ、米を洗い土鍋に入れて火にかける。

昨夜は食欲がなかったから、一応消化に良いものの方がいいだろう。

おかゆを炊いている間に、冷蔵庫の中から梅干しと塩昆布を取り出して小皿に盛る。桜子の部屋にあったお茶はもう飲み切ってしまったので、作り置きの麦茶も大きめのグラスに注いでおく。身体を冷やしてはいけないので、氷は入れない。

それらをトレイの上に置き、いい具合に炊けたおかゆを土鍋ごとのせた。

準備が整った時、タイミングを見計らったように、隣家のドアが開閉する音が聞こえてきた。この古いアパートの壁は、良くも悪くも音を遮らない。

「さて」

柳吾はすべてをのせたトレイを持って、桜子の部屋に向かった。


桜子の部屋のインターホンを鳴らした後、顔を出したのは、しかし彼女ではなかった。

「どちらさまですか？」

ドアチェーンをかけたまま薄く開かれたドアの向こうで、見たことのない男が言った。

年は桜子と同じくらいだろうか。

背が高く、すっきりとした髪形に整った顔立ち。なかなかのイケメンである。

思いがけない状況に動転した柳吾は、一瞬言葉を失ったものの、すぐに儀礼的な微笑みを浮かべた。

「失礼。僕は隣の者だが、彼女が昨夜具合が悪いと言っていたので、大丈夫かと心配になって……」

するとイケメンは「ああ」と気づいたように言った。

「だいぶ良くなったみたいです。今おかゆを食べて眠ったところですよ。心配をおかけしたようですみません」

どうやら、彼は桜子の看病に来ているようだ。台所でおかゆを作っていたから、隣の物音に気がつかなかったのだろう。

お前の出る幕はない、と言われた気がして、柳吾はドアから見えない場所へ腕を動かしトレイを隠した。

「……そうですか。では、お大事にとお伝えください」

自宅へ戻り、トレイをダイニングテーブルに置いて、柳吾はしばらくぼーっと佇んでいた。

――彼は桜子のボーイフレンドだろうか。

だが知り合ってからずいぶん経つが、彼女に恋人がいる素振りはまったく見られなかった。

「いや、もしかしたら僕が見落としていただけかもしれないが……」

意味もなくウロウロと歩き回りながらぶつぶつと呟く柳吾は、まるで落ち着く場所が決まらない犬のようである。

「それにしても、まるで桜子の身内のような口調だったじゃないか！　誕生日に一緒にいてやることもできない男に、そんな口を利く権利などない！」

叫びながら、着ていたコートを投げつけるようにソファに放り、ハタと我に返る。

――なぜ、僕はこんなに腹を立てているのか。

桜子に恋人がいたとして、それがどうしたというのか。

妙齢の女性にしては少々騒々《そうぞう》しく淑《しと》やかさが足りないが、あの子は明るく可愛らしい。ボーイフレンドの一人や二人、いてもおかしくはないのだ。

そう思ってみて、柳吾は目を吊り上げてブンブンと首を横に振る。

「イヤイヤ、二人いてはダメだろう！　ウチの子はそんなにふしだらではない！」

そんな言葉が口から出て愕然《がくぜん》とする。

――『ウチの子』。

「――なんてことだ……」

なにかとお騒がせな隣人を、すっかり自分の懐に入れてしまっていたことに気がついて、柳吾は茫然と立ち尽くしたのだった。

＊＊＊

朝、桜子は鏡の前で、パン、と顔を叩いて気合を入れる。

「うっし！　全快！」

一昨日出した熱は、昨日も下がっていなかったようで、出勤した後、しばらくしてぶり返してしまった。倦怠感がひどくなって、頭痛が生じ、身体は熱いのにゾクゾクと寒気に襲われた。前日の夜と同じ状態だった。

柳吾の言うとおりだったなと思いつつやり過ごしていたが、目敏《めざと》い藤平に気づかれて、所長に告げられ結局早退することになってしまった。

そのまま病院に行くと、いわゆる『風邪』だと診断され、薬をもらった。

昼過ぎに帰宅したが、自分の看病でろくに眠れなかっただろう柳吾を起こさないよう、そっと自宅に入った。

薬を飲んでベッドに入った後、すぐに眠りに落ちたようで、玄関のインターホンが鳴るまでの記憶がない。心配した藤平が会社帰りに寄ってくれたのだ。

藤平はいろいろ差し入れを買ってきてくれていて、その内の一つであるレトルトのおかゆを食べさせてもらった。

「作ろうと思ったけど、大正桜子のウチ、お鍋があるか不安だったから」

電子レンジで温めたおかゆを手渡しながら、そんな憎まれ口を叩く藤平に桜子は頰を膨らませた。

「鍋くらいあるよ！　失礼な！」

怒ったが、三百九十九円で買った片手鍋一つしかないのは内緒だ。

藤平は桜子におかゆを食べさせた後、もう一度眠るように言った。

そのままた眠ってしまったようで、次に目を覚ますと朝になっていて、藤平はいなくなっていた。ポストに桜子の部屋の鍵があったので、帰る際に鍵を閉めてからポストに入れてくれたのだろう。

——柳吾さんだけでなく藤平にも迷惑をかけちゃったな。二人にきちんとお礼をしなくちゃ！

社会人は自己管理が大事！　と反省しつつ、出勤の支度を調えた桜子は隣の部屋に向かった。お詫びの品は後日渡すとして、今日はひとまず一言お礼を言わねば。

出てきた柳吾は、なぜか不機嫌そうだった。

「あ……すみません、寝てました？」

「いや」

返事もなんだかぶっきらぼうで、桜子は気が引けてしまう。

機嫌が悪いのかもしれないと思い、早く要件を済ませてしまうことにした。

「あの、一昨日はありがとうございました！　おかげ様で全快いたしました！　本当に、助かりました！」

ペコリとお辞儀をすれば、柳吾は一瞬の間の後、「いや、いいんだ」と呟くように言った。それからゴホリと咳払いをした。

「……昨夜来ていたあの男性は……その、君のボーイフレンドなのか？」

唐突な質問に、桜子は目を瞬いた。昨夜と言われて思い浮かぶ男性は、藤平しかいない。

柳吾はいつの間に藤平と会ったのだろう。昨日、藤平のおかゆを食べて眠ってしまった後だろうか。しかし藤平相手に珍妙な誤解をされたものだ。

「藤平のことですか？　彼は同僚で、仲のいい友人ですよ。柳吾さん、もしかして、昨日も来てくれたんですか？」

桜子が問えば、柳吾はなぜか少し気まずそうに目を逸らす。

「あ、いや、いいんだ。それは。……そうか、同僚か。そうか……」

目を逸らしたまま、なんだか納得するように呟いている。

どうしたのかな、と思いながら首を傾げていると、柳吾がこちらを見た。

「ところで桜子。君、一昨日誕生日だったのかい？」

「えっ！　あっ！」

言い当てられて、桜子は口ごもってしまった。

なぜバレたんだろう、と考えて、冷蔵庫に入ったままのケーキを思い出す。看病してくれた時に、あのケーキを見られたのだろう。

しまったな、と内心で臍《ほぞ》を噛んだ。一人ぼっちで誕生日ケーキを食べるなんて、可哀想な子みたいじゃないか。柳吾に変な同情をされたくなくて、思い切り明るい声を出す。

「あはは。そうなんです。二十五になっちゃいました！　誕生日には毎年、あそこのケーキを買って食べるのが私の楽しみなんですよ」

誤魔化すように笑った桜子に、しかし柳吾は笑わなかった。

「どうして、僕に言わなかったんだ？　そうすれば……」

神妙な様子の柳吾に、桜子は胸の前で両手を振った。

「あ、お気になさらず。誕生日を祝ってもらうような年でもないですし！」

「そんなことはないだろう……」

「いえいえ、お気持ちだけで、本当に充分です！　あ、もう行かなきゃ！　じゃあ行ってきます！」

なんとかこの雰囲気から逃れたくて、急ぐフリをして背を向ける。

だが急いで階段を駆け下りようとした桜子を、大きな声が止めた。

「桜子！　来年は僕がケーキを焼くから、買わなくていい！」

振り返ると、柳吾が靴下のまま玄関の前に飛び出して、こちらを見て叫んでいた。

「いいね！　覚えておきなさい！」

桜子は目を丸くして、なぜかみるみる赤くなっていく頬を両手で押さえた。

――ダメだ、ダメだ！　期待しちゃダメ！

来年の約束なんて、あってないようなものだ。来年、柳吾がまだこのアパートにいる保証なんてないし、桜子だって何かしらの理由から引っ越すかもしれないのだ。

――これは、風邪で弱った隣人へのリップサービス！

そう、ちゃんとわかっている。

柳吾から顔を隠すようにまた前を見て、叫び返す。

「……お、覚えておきます！」

わかっているはずなのに、どうしてだろう。

胸があったかいもので膨らんで、はち切れそうだった。

第三章　熱

「わ、大正桜子、なぁにこの本。ずいぶん大袈裟ねぇ」

桜子のデスク脇の引き出しの上に、奉るように置かれた本を見て、藤平が言った。

「なんかの宗教にでも入ったの？」

藤平がそう訊ねるのも無理はない。

その本は真紅のベロア生地の上に鎮座しており、その前にはお供《そな》え物のように、白い薔《ば》薇《ら》が一輪飾られているのだから。本にはまずビニールのブックカバーをし、その上から更に純白の羊革《ひつじがわ》のカバーをかけている。

桜子のデスクまわりは、デスマ真っ只中の仕事量に比例するように散らかり放題。にもかかわらず、本が置かれている場所だけは美しく整えられているのだから、異様に見えるのも当然だろう。

「宗教じゃない！　これはホワイトツインズ！　しかもローランサン先生のサイン入りなんだよ！　これがここにあるだけで、パワーをもらえるのよ！」

「なにそれ怖い」

「怖くない！　むしろ尊い！」

カッと目を見開いて興奮気味に説明するが、藤平は知らないようだ。確かにホリツイファンでなければわからない内容だろう。

「ふうん、ホワイトツインズ……？　よくわかんないけど、ローランサンって、ホリツイの作者よね。すごいわね、サイン入りが手に入ったの？」

「そう！　知り合いが偶然持ってて、くれたんだ！」

興奮気味に説明する桜子に、藤平は大きく目を瞠《みは》った。

「え、くれたの？　すごいわね、太っ腹。サイン本持ってるくらいなら、その人もファンなんじゃないの？」

「そうじゃないみたい。本当に偶然持ってたって感じだった。ローランサンって、ホリツイがデビュー作だったたんだけど、その本はブレイク前に出たホリツイの初版本なんだよ」

「へえ。そんなこともあるのね。あ、じゃあこの本って原書なんだ？　でも大正桜子って、英語読めたっけ？」

藤平の質問に、桜子はむっつりと唇を突き出した。

「読めない」

「……だよね。苦手って言ってたもんね」

桜子のふくれっ面に、藤平がクスリと笑う。

「……勉強して、頑張って読めるようになるもん……」

決意表明の語気が弱い。

藤平は、うんうん、と聞いているのかいないのかわからない相槌《あいづち》を打った。

「とりあえず、デスマが、終わってから……」

「ダイエットは明日からって言うもんねぇ」

素早く切り返され、むかっ腹が立ったものの、ぐうの音も出ない。

下唇を突き出した桜子は、腹いせに藤平の肩をベシっと叩いてやったのだった。

＊＊＊

その日も当然のように残業となり退社時間は二十時を過ぎた。

それでもこの時間に帰れるのであれば、デスマ期間ではまだマシな方である。

帰り支度をしながらスマホを確認した桜子は、チャットができるＳＮＳアプリのアイコンに珍しい名前を見て目を瞬いた。

「文乃《あやの》ちゃんだ」

池松縄《いけまつなわ》文乃。桜子の大学時代の親友である。

島根県が地元という彼女は、艶やかな黒髪が印象的な和風美人で、大学のミスキャンパスにもなったちょっとした有名人だ。

一見お淑やかな美女だが、大変剛毅で漢前《おとこまえ》な性格の大酒呑みで、桜子と酒の趣味が合ったことで仲良くなった。卒業後、ＩＴベンチャー企業に就職した彼女は、当然ながら桜子以上に多忙な日々を送っており、会うことはもちろん、連絡が来ることも稀《まれ》である。

そんな希少動物並みの遭遇率である彼女から連絡が来るなんて、逆に何か良からぬことがあったのだろうかと、桜子はヒヤリと肝が冷える。

慌ててアプリを起動すれば、「合コン！」という単語が目に飛び込んできたので、ホッと胸を撫で下ろした。文乃は大学時代、合コンクイーンだったのだ。

週三ペースで合コンに参加する文乃に、彼女をよく知らない人たちは陰口を叩いていたようだが、桜子を含めた友人たちからはむしろ称賛を浴びていた。

『私はずっと理想の彼を探してるのよ！　出会いを待ってるだけなんて時間の浪費でしかないわ！　私は待たない！　走って探す！』

と豪語する彼女は、その言葉通り、理想の男性を全力疾走で探し求める姿勢を崩さなかった。

美人な彼女は当然モテて、合コンのたびに男性陣から熱心に声をかけられていた。

しかしどの男性も彼女のお眼鏡には適《かな》わなかったようで、桜子の知る限り大学時代は誰とも付き合っていなかったように思う。

好きでもないのに付き合うなんて真似をせず、一心不乱に自分の理想を追い求めるその様は、孤高の狼のように見えて感銘を受けたものだ。

社会人になり多忙を極める彼女だが、やはり未だに変わっていないのだなぁと、懐かしさに頬が緩む。

文面を読み進めると、どうやら今週末の合コンへのお誘いのようだ。

『一人、女の子が来られなくなっちゃったの！　もし暇なら、お願い！』

とお願いするネコのスタンプが動いている。

「合コンだとぅ……？」

うぬぬ、と唸《うな》った。

正直、女子力底辺の桜子にとって、男性との出会いの場など滝行をする修行場のようなものである。

デスマ真っ只中の今、そんな心身ともに疲弊するようなことには参加したくないというのが本音だ。だが、他ならぬ親友の頼みである。桜子がそういった場を苦手としているのを知っていて、滅多にこの手の誘いをしてこない彼女がそれでもお願いをしてくるのだから、きっと本当に困っているのだろう。

——それに……。

桜子は目を閉じる。

脳裏に過るのは、慈悲深く美しい隣人の笑顔である。

——私、柳吾さんに依存しすぎてしまっている……。

最近桜子の中にじわじわと広がっている懸念だ。

隣のベランダに落ちたパンツがきっかけの、晩ご飯仲間。

柳吾の慈悲によって成り立っている関係だ。

頼りすぎてはいけないし、当然あるものと思い込んでもいけない。

それなのに、柳吾の顔を見てご飯を食べる時間に、桜子は過剰なまでに癒やされてしまっているのだ。柳吾の傍にいる時間が手放せないものになってしまっている。

そこに危機感を抱くのは、自立したい桜子にとって正しい防衛反応だろう。

なにしろ、柳吾にとっては単なる慈悲で、いわば施しだ。

継続する義務もない。彼がやめようと思えば、この幸福は一瞬で断ち切られる。

その時、自分は耐えられるだろうか。

あの美味しく、温かく、優しい時間なしに、過酷な毎日を生きられるのだろうか。

ブルリ、と背筋に寒気が走った。

——ダメだ。柳吾さんに依存したままじゃ。

こんな不安を抱えたままでは、柳吾との関係も悪化していくに決まっている。

——私は、もっと外に目を向けるべきだ。

平日は仕事が忙しく、職場と自宅を往復するだけの毎日。とはいえ、休日であっても、ものぐさな性格から、桜子はあまり外に出ない。

家に帰れば、隣人である柳吾が迎え入れてくれるという今の状況は、桜子にとって願ったりかなったりの、かなり都合のいいものだ。仕事関係の人以外と交わした会話があっただろうかと最近の記憶を探っても、柳吾以外の人が出て来ない。つまり、今桜子はプライベートの時間のほとんどを、柳吾と過ごしてしまっているのだ。

このままでは、彼がいないと、ただ息をして働いているだけのロボットのような人間になってしまう。

——いい機会なのかもしれない。

これは、親友がもたらしてくれた、変化のチャンスだ。

——柳吾さんのところに居座らないように、外へ出るための、新しい出会いを！

桜子はキュッと唇を引き結ぶと、文乃に承諾の返事をした。

＊＊＊

そして、来《きた》る金曜日。決戦の時である。

「桜子！　こっち！」

待ち合わせ場所である恵比寿《えびす》で、紺色のトレンチコートを着込んだスレンダー美女が笑顔でこちらに手を振っている。

上質そうな白いスヌードに、コートの裾から覗く赤いスカート。わかりやすいトリコロールの配色だが、美人な上にスタイルも良い文乃には、とてもよく似合っている。トレードマークともいえる艶のある黒髪は、今日は緩く纏め髪にされていた。

完璧な合コンスタイルだ。後光が射して見える。

「おー、文乃、久しぶりぃ……」

対するこちらは、デスマ帰りのヘロヘロ具合である。

今日は合コンだから頑張ろう！　と気合が入っていたのは午前中までだった。

昨日届いているはずだった顧客からの資料が届かないハプニングに見舞われ、顧客と連絡を取るも「今、アブダビ」と言われ、アブダビですか、そうですか、じゃあどうしようもないですね、と半泣きでその配偶者に連絡を入れたが、そちらとも連絡がつかない。

仕方なしに顧客の自宅へ行ってみるが、インターホンを鳴らしてもなかなか出て来ない。

留守かとも思ったが、苛立《いらだ》ちのあまりしつこく押し続けた。

すると数分後、怒りの形相で出てきた配偶者はなぜか半裸。その背後から同じく半裸の青年が顔を覗かせてきて、『昼下がりの情事』という言葉が頭に浮かんだ。

どうやらいい感じのところに突撃してしまったようだ。

一瞬資料のことがスポンと頭から抜けたのは、致し方ないことだと思う。

こんな具合に、てんやわんやだったのだ。

おかげでルーティンワークが滞り、だがしかし残業のできない今日、死ぬ物狂いですべてをやり終えた桜子は、戦士の帰還もかくやという出で立ちである。

剥《は》げたメイクも、ぼさぼさの髪も、皺だらけになったワンピースも、勝利の証なり。

むしろ誇れ！　勇者の凱旋《がいせん》なり！

だが文乃の見方は違っていたようである。

「ちょっとあんたふざけてんの!?　今日合コンって言ったでしょ!?　なんでそんな雑巾みたいになってるのよ!?」

親友と久しぶりに会ったというのに、ひどい言われようである。

「雑巾……ゆ、勇者なのに……」

「勇者!?　そんなことは今回の合コンで理想の人をゲットしてからお言い！」

「わ、私の屍《しかばね》を、越えていけ……」

勇者は屍になった。

襟元を摑まれ、ガクガクと揺さぶられながら、意味不明の敗北宣言をする。

昔から口で敵う相手ではないからだ。

怒り狂う文乃は桜子をトイレに引っ立てると、そこでメイクと髪を直してくれた。

「とりあえず、こんなもんでしょ！」

文乃に整えられた顔は、見違えるようになっていた。

脂テカテカだった肌はきれいにされ、ふんわりと赤ちゃんの肌のような風合い。

ぼんやりしていた輪郭がハッキリし、メリハリのある今風女子の顔に早変わりだ。

なるほど、確かにこれではさっきまでの顔が雑巾だと言われても仕方がない。

「わあ！　すごい！　文乃、美容部員さんみたい！　ありがとう！」

顔を輝かせて礼を言えば、文乃はちょっと顔を赤らめた。

「すごくないわよ。これくらい、誰だってできるわ」

つん、とすまし顔をしてみせる素振りが、照れ隠しだとわかっているだけに、桜子はにやにやと顔を緩ませてしまう。

「文乃、美人でツンデレとか、相変わらず可愛すぎるよね、本当」

「ツンデレじゃないし！」

そんなやり取りをしながら、合コン会場であるイタリアンバルへと急ぐ。

五分前に到着する予定が、桜子の化粧直しのせいでギリギリになってしまった。

店では既に文乃の職場仲間である二人の女性と、同年代くらいのスーツ姿の男性陣が個室のテーブルを前に着席していた。

「ごめんなさい、遅くなっちゃって」

遅れていないにもかかわらず一言謝る文乃は、いつもより高い声で、華やかな微笑を浮かべている。なるほど合コンクイーンは場慣れしている。

「すみません」

慣れない桜子は、文乃の添え物のようにペコリと頭を下げておいた。

桜子は基本的にオタク気質だ。意識を外へ広げるよりも、内であぁでもないこうでもないと思索に耽るのを好む。休日も外出するより、家でゴロゴロしている方がストレス解消になるタイプだ。

引きこもりになるほどではなく、組織の中で働ける程度には順応力があるが、人付き合いに対して積極的な性格とは言えない桜子は、男性陣のみならず文乃以外の女性陣も初対面であるこの状況は、尻込みしてしまうものなのである。

「いやいや！　僕らも今着いたところなんですよ」

「あら、そうなんですか？」

「そうそう。それに、まだ予定時間より早いですし」

「お疲れ様です、池松縄先輩。お友達も、ほら、座りましょうよ！」

皆にあたたかく迎え入れられ、桜子と文乃はコートを脱いで手前側の席に座る。

全員が席に着いたのを見計らって、店員がオーダーを取りに来た。それぞれ飲み物を注文した後、幹事らしき男性が話し始める。

「えー、皆様、お疲れ様です」

お疲れ様でーす、と皆が笑いながら口々に返す。男性も笑いながら、もう一度「お疲れ様」と呟いてから、顔を上げる。

「今日は、皆で美味しいものを食べて、飲んで、楽しみましょうという趣旨《しゅし》のもとに集まっていただきました！　その上で、お互い良い出会いになれば、というふんわりとした感じで！　なので、楽しみましょう！　じゃあとりあえず、自己紹介から！」

まずその男性が先陣を切って自己紹介をしていく。

どうやら彼らは都庁で働く公務員仲間であるようだ。なるほど、よく見ればスーツや髪形もカッチリした感じだ。同じように堅い職である会計事務所に勤める桜子にとっては見慣れた男性像ではあるが、ITベンチャー企業に勤める文乃たちには違うのだろう。

「皆さんすっごくしっかりしてる感じがしますねぇ！」

「髪形も、清潔感があって素敵！」

「こんなに素敵な方ばかりで、なんだか嬉しくなっちゃいます」

と、女性陣から誉め言葉が飛んだ。

「いやあ、そんな。俺たちの方こそ、今日はきれいな方ばっかりで、テンション上がってしまってます！」

「本当、もうどちらを見ても美人だよなぁ」

漫画なら、キャッキャうふふ、という擬音語が飛び交いそうだ。

到着したハイボールを受け取りながら、なるほど、これが合コンか、と桜子は半ば呆気にとられながら思う。

腹の探り合いなのか、あるいは合コンの場でのしきたりの一種なのか、女性陣も男性陣も笑みを絶やさず、とりあえずの取っ掛かりとして、相手を褒める。

桜子はそれをテレビでも見るかのように眺めるだけで、加わる勇気などない。

全員の飲み物が行き渡ったのを確認して、先ほどの幹事の男性が乾杯《かんぱい》の音頭を取った。

その後、黙ったままひたすらハイボールを喉に流し込んでいると、自己紹介の順番が回ってきた。

「あ、大正桜子です。会計事務所で働いています。今日は池松縄さんにお誘いいただいて、参加させてもらいました。よろしくお願いします」

慌ててグラスを置き、適当に自己紹介をすれば、横からゴスッと肘鉄《ひじてつ》を食らった。

うっ、とうめき声を上げそうになるのを、すんでのところで堪える。

（アンタやる気のない自己紹介してんじゃないわよ）

というお怒りの言葉が文乃の完璧な笑顔から浮き出ている幻覚が見える。怖い。

「きょ、きょうは皆さん素敵な方ばかりで、私も嬉しいですぅ！」

これまでの女性陣の自己紹介を切り貼りし、なんとか合コン女子っぽい挨拶をして、にこ、と微笑んでみる。頬が引き攣《つ》っていやしないだろうか。

ともあれ、自己紹介は隣の文乃へと移ってくれたので、ホッとして背を丸めた。

手持ち無沙汰になって、お通しに出てきた、なにかオシャレっぽく盛り付けられた枝豆らしきものを摘まむ。

――うっ……。

しかし、口に入れた瞬間、思わず眉間に皺が寄る。

茹《ゆ》で足りない上、塩味も利いていない。

――柳吾さんの枝豆、食べたいなぁ……。

この前柳吾が出してくれた、お取り寄せの『だだちゃ豆』の美味しかったこと！　普通の枝豆よりも味が濃く、豆の香ばしい匂いもしっかりあって、おつまみだったのに、お酒もなしにそれだけ永遠に食べ続けられると思ったくらいだ。

――でも美味しかったのは、柳吾さんの調理の仕方がいいからなんだなぁ。

だだちゃ豆は夏が旬らしく、一度軽く茹でて冷凍しておき、食べる際にまた一、二分茹でるのがポイントだと言っていた。

ゴリゴリした食感の枝豆を口の中で持て余していると、ゴス、とまたもや脇腹にエルボーを入れられて目を剝いた。さすがに何をするんだと文乃を睨めば、にっこり笑顔の美女は、軽く顔を振って桜子の正面を示した。

そちらに顔を向ければ、桜子を真っ直ぐに見ている男性の笑顔があった。

「？」

えっと？　と首を傾げてしまうと、もう一度ゴス、と脇を小突かれる。痛い。

「話しかけられてるの！」

文乃がコソッと囁《ささや》き声で教えてくれる。

「わっ、ごめんなさい！　聞いてなくて！」

話しかけてくれていたらしい男性に慌てて向き直れば、困ったように笑われた。

「枝豆、そんなに美味しかった？」

「やっ、ちょっと硬いなぁって思ってたところです」

「あ、だから難しい顔をしてたんだ？」

「え、難しい顔してました？」

桜子が眉間をぐりぐりしながら言えば、男性は「してたしてた！」と声を上げて笑う。

「桜子ちゃん、面白いなぁ」

「あ、はは……」

笑い返しながらも、いきなり名前で呼ばれたことには、胸がザラリとしたもので撫でられた気がした。初対面だからだろうか、と自問して、そうではないと思い出す。

柳吾には、初対面の時から「桜子」と呼び捨てにされていた。しかも、桜子が自らそう呼んでくれと言ったのだ。話の流れ的にそう言っただけだと言えばそれまでだが、柳吾に名前を呼ばれることに、最初から違和感も不快感もなかったのは事実だ。

どうしてだろう、と桜子は思う。桜子は、基本的にあまり他人に深く関わらない。自分のことで精一杯で、余裕がないからだ。

『大正桜子って、人から餌《えさ》もらってる野生の鳩《はと》みたいよね』

と藤平に言われたことがある。言い得て妙だと思った。

人と仲良くはしていても、ある一定のラインから出ようとせず、踏み込ませもしない桜子は、人間から餌をもらうくせに、近づけば飛んで逃げる図々しい鳩によく似ている。

それでも、踏み込まれるくらいなら、図々しいと思われる方がいい。

桜子は、自分の内側を覗き込まれるのが怖い。

――それなのに、どうして柳吾さんには、そう感じなかったんだろう……。

勝負パンツの趣味にいちゃもんをつけられるという、ショッキングな出会いのせいで、いつもの他人との距離感が狂ってしまったのだろうか。

自分の赤い紐パンツを初対面の男性の手から渡されたあの事件は、確かに脳を揺さぶられるほど衝撃的だったから、そうであってもおかしくない。

ふ、と笑みが漏れて、それに目敏く気づかれたらしい。男性の一人に「桜子ちゃん、思い出し笑いしてる！」と弄《いじ》られる。

内心「げっ」と思いながら、愛想笑いを浮かべて曖昧にやり過ごした。

――居心地、悪いなぁ。

桜子はまたハイボールを口に運ぶ。酒の味がしない。つまみも美味しくない。

それなのに延々とそれらを口の中に入れるのは、間が持たないからだ。

ハイボールのグラスは、あっという間に空になっていた。

＊＊＊

今朝、桜子から『夕食は要らないです。今日、合コンなんです』とにこやかに告げられて、柳吾は妙にイライラしていた。自分一人のために一汁三菜の食事を作る気になれず、今日の夕食は簡単なパスタで済ませた。

桜子と夕食を共にするようになって、一緒に食べなかった日がないわけではない。だが、その理由は仕事が遅くなるとか、付き合いで飲みに行くとかで、合コンなどという理由ではなかった。

――なぜ、僕はこんなにイライラしているんだ。

隣の部屋の娘が合コンに行くからなんだというのか。行けばいいではないか。

――だがあの娘は筋金入りのうっかり者だから、酔っ払って前後不覚になり、気がつけば男の部屋に連れ込まれていたり……！

そもそも合コンという日本語を知らなかった柳吾は、桜子から告げられた時は『そうか、気をつけて』などと言って穏やかに手を振って送り出してしまったのだ。

だがその後ネットで意味を検索し、「何が気をつけてだ大たわけ！」とその時の自分を叱り飛ばしたくなった。

あの粗忽者が、涎を垂らした狼の群れに放り込まれて、気をつけたところで、焼け石に水というやつだ。

想像するだけで叫び出したくなるような妄想をベッドの中で繰り広げていた時、玄関のインターホンの音が鳴った。

ベッドから起き上がりながら時計を見れば、既に深夜。

こんな時間に訪ねてくる人間は、一人しか心当たりがない。

柳吾は説教をかましてやる気満々で、玄関へと向かった。

ドアを開いて現れたのは、果たして隣のおたんちんであった。

「りゅうごさぁあああああん！」

「うわ！」

突進して抱き着いてきた桜子を、かろうじて抱き留める。全体重をかけてくるので、バランスを崩して倒れそうになったが、壁に腕を突っ張ってすんでのところで堪えた。

「危ないだろう！　桜子、君、酔っているのか？」

「えへへ～りゅうごさんだぁ……」

甘えるように擦り寄られ、彼女の甘い匂いにドキリとする。

「りゅうごさーん！　合コン行ってきたんです」

「知っている」

酔っ払いの話に、むっつりと返す。合コンに行くと自分で宣言していたではないか。

だが目の前の酔っ払いは柳吾の不機嫌な様子に気づくことなく話を続ける。

「全然ご飯美味しくなくって、柳吾さんのご飯が恋しくてたまんなくなっちゃいました！」

「合コンなどに行くからだ！　若い娘がけしからん！」

自分でも理屈の通らないことを言っている、と思いながら叱れば、桜子は口を尖らせた。ピンク色の唇が柔らかく突き出されるのを見て、果実のようだな、と思う。

「若いから合コン行くんじゃないですかぁ！　若い内に相手探さないとぉ！　きょうび、女も走って運命の人探さないといけないんだって、文乃ちゃんが言ってましたぁ！　でも、私、運命は、柳吾さんがいいなぁ……」

桜子の発言に、心臓がバックンと大きな音を立てる。

「な、なにを言っているんだ……」

相手は酔っ払いだ、落ち着け。と自分に言い聞かせながら、柳吾は玄関のドアを閉める。

すると腕を開いた体勢になった柳吾の胸に、桜子がポスリと入り込み、擦り寄ってきた。

「さ、桜子？」

「ん～～……」

「こ、こら！」

酔っ払いの突拍子もない行動に、さすがの柳吾も動揺してしまう。制止の声を上げたが、桜子はまったく意に介さず、頬を彼の胸にすりすりと擦り付けクンクンと匂い始める。

「に、匂いを嗅《か》ぐのはやめたまえ！」

「りゅうごさん、いいにおいぃ……」

「なっ!?」

三十路を越えた男の匂いを嗅いだ挙げ句いい匂いだと言われて、この娘の突拍子もない行動に慣れた柳吾であっても狼狽する。だが腕の中の桜子が眠そうにとろりと目を瞑っているのを見て、やれやれと溜息を吐いた。

「まったく、この酔っ払いめ。ほら、桜子。ここは寒い。とりあえず、中に入りなさい」

腕の中の桜子の肩を摑んで起こそうとすると、桜子はまた口を尖らせた。

「やだ」

「やだじゃない。ここでは風邪を引くから」

するとと案の定、桜子がブルリと身を震わせる。ほら見ろ、と桜子の肩を摑んで引き離せば、桜子は両腕を「んっ」と柳吾に向けて差し出した。

「抱っこして」

「…………はぁ!?」

目を剝いた。何を言っているのだこのおたんちん！

「抱っこ」

「……！　……!!」

おたんちんめ！　おたんちんめ！

おたんちんという単語しか頭に浮かばなくなった柳吾は、己の未熟さに悶絶《もんぜつ》したくなる。

——冷静になれ、冷静になるんだ。心頭滅却《しんとうめっきゃく》すれば火もまた涼し……。

心の中で呪文のように唱え、衝動を抑えるように深呼吸を一つすると、桜子に菩薩《ぼさつ》のような慈愛の微笑を向けた。

「いいかい、桜子。妙齢の女性は恥や外聞という概念を知らなくてはならない。君は二十五歳の成人女性で、社会人として真面目に働く、素晴らしい自立した女性なんだ。そんな君が、幼い子どものように、抱っこをせがむなんて、おかしいだろう？　それに、僕も三十二歳の成人男性だ。君より少しばかり年上ではあるが、だからといって決して親子ではないし、親戚の叔父さんと姪《めい》とか、そういう関係でもないのだし――」

「抱っこ」

問答無用とばかりに、桜子は三度同じ言葉を繰り返す。

柳吾は絶望して両手で顔を覆った。

だが桜子は、その両手の指の隙間に己の人差し指を引っ掛けて、指と指の隙間を広げ、こちらの目を覗き込んでくる。

「りゅうごさん?」

小首を傾げて問いかけられ、柳吾は指の間から睨みつけてやる。

「………………あざとい!」

しかし桜子はあくまで自分の要求を呑ませようとしてくる。

「抱っこは?」

「~~~~ッ、ああっ、もう!」

唸り声を上げて柳吾はついに白旗を上げた。

桜子の腰を両手で掴むと、ぐい、と勢いよく抱き上げる。

「きゃあっ」

突然視界が傾いた桜子は悲鳴を上げたが、柳吾の首にしがみつくと、きゃらきゃらと笑い出す。右肘に桜子のお尻がのる形の、いわゆる子ども抱っこの体勢だ。

「たかぁい！」

「はしゃぐんじゃない！」

叱れば大人しく口を噤んだが、今度はまた柳吾の鎖骨やら首筋やらをクンクンと嗅ぎ出した。もう犬だと思うことにしよう、と柳吾は瞑目《めいもく》する。

「りゅうごさんの、においい、すき……」

桜子が呟いて、おもむろに鎖骨をぺろりと舐《な》めた。

ギョッとして、思わず手を放し、華奢《きゃしゃ》な身体を床に下ろす。

桜子は仔猫のようにストンと床に下り立ち、こちらにじりじりと迫ってくる。

「りゅうごさん、ちゅうして」

酔っ払い特有の潤んだ目で見上げられ、柳吾は一瞬理性が消し飛びそうになった。

ただでさえ、柔らかい身体を抱き締めたばかりだ。自分とは違ういい匂いがして、どうしようもなく桜子が女性であることを意識してしまう。

――ダメだダメだ！　相手は酔っ払いだ！　相手にするな！

ぎゅ、と目を瞑り邪念を払っていると、桜子がピョンとジャンプして抱き着いてきた。

「うわっ！」

不意に体重をかけられバランスを崩した柳吾は、桜子もろともリビングのソファになだれ込む。

柳吾の上に乗っかる形になった桜子は、これ幸いとばかりに柳吾の顔にチュッチュとキスの雨を降らせてきた。

「やめなさい、はしたない！　親御さんが泣くぞ！」

やぶれかぶれに叫んだ柳吾に、桜子はケラケラと笑った。

「泣かないですよー ぅ！　お空の上で、もっとやれぇ！　って言ってるにきまってるもーん！」

唐突に漏らされた桜子の事情に、柳吾は息を呑んだ。

「……！　お空の上って……桜子、君、ご両親は」

「あー……私が高校生の時にー、交通事故で亡くなっちゃいましたぁ！　オシドリ夫婦で、死ぬ時も二人で一緒に逝《い》っちゃったんですよー！　ほーんと、仲良し！　人がいいばっかりで、保険も入ってなかったし、貯金もなーんもない暢気《のんき》な両親でしたけど、口癖がね、『いつまでもあると思うな親と金！』だったんですよぉ。『人が死ぬのは年功序列！　親がいなくなっても自分で生きていけるよう、しーっかり自分の足で立ちなさい！』ってね」

酔っ払っているせいか、桜子は饒舌《じょうぜつ》だった。

普段明るくおどけた様子しか見せないこの娘の意外な事情に、柳吾は彼女の部屋で見たケーキを思い出す。自分の誕生日を人に告げず、一人でケーキを買って食べようとする理由が、今なんとなく理解できた。

「だからぁ、私がちゃーんと自分の力で生きてれば、お父さんもお母さんも、多少のヤンチャはいいぞ、もっとやれぇ！　って言うはずなんですよ！　だから大丈夫！　もっとしましょう！」

うふふ、と笑ってまたキスをしてくる唇を、柳吾はもう拒まなかった。

抱き着いてくる桜子を、ぎゅっと抱き締め返して、小さな頭を撫でる。

「……君に、他にご家族はいるのかい？」

頭を撫でられた感触が気に入ったのか、桜子はうっとりとした顔で答えた。

「おばあちゃんが……います……。もう、私のこともわかんなくなって、施設に入ってますけど……」

「……そうか。それは、寂しいな」

柳吾の言葉に、桜子はパッと目を開いた。じっと柳吾の顔を見つめたかと思うと、ふにゃりと顔を歪ませる。

それは今にも泣きそうな笑顔だった。

「ちゅう、して、りゅうごさん」

桜子がもう一度懇願してくる。柳吾は笑って、桜子の顎を摘まんだ。

可愛くて、寂しい、意地っ張りな僕のノラ猫。

——ああ、もう、捕まってしまった。

自覚をすれば、あとは堕ちるだけ。

それでも意外にすんなりと受け入れた自分に笑って、こちらを見上げる桜子に微笑みかける。仔猫のような瞳が、ゆっくりと閉じられていくのを見ながら、顔を寄せた。

二人の唇が、静かに、柔らかく、重なった——。

＊＊＊

——熱い。

喘ぐような苦しい呼吸の中、桜子は思った。

熱い。溶けそうに、焦げそうに、熱い。

熱いのは自分の身体だ。でもそれだけじゃない。

自分の身体を這う手も、指も、舌も、すべてが熱かった。

いつの間に脱いだのか——あるいは脱がされたのか、桜子は着ていたコートもワンピースもキャミソールも脱がされて、半裸の状態だった。カップ付きのキャミソールだったせいで、上半身は何も纏っていないのに、下半身は未だ黒いタイツという、非常にまぬけな恰好である。

それなのに柳吾はその滑稽《こっけい》さを笑うこともなく、夢中になって桜子の肌を味わっている。

「はっ、あ、りゅ、う、ご……さ……」

細い背中を舐《ねぶ》っていた柳吾が、桜子の呼びかけに応えるかのように、じゅ、という音を立て、強く肌を吸い上げる。

「ひぁ」

一瞬の痛みにさえ快感を拾ってしまい、桜子はだらしなく嬌声《きょうせい》を上げた。

自分からこんな妙な声が出るなんて、恥ずかしい。それなのに、我慢ができなかった。

「赤いな」

うっとりと、柳吾が呟く。

背中の肩甲骨の辺り――ちょうど今柳吾が吸い付いた場所を、彼の指がなぞっているのを感じて、ああ、痕を付けられたのだなと思った。

「ああ、とても映える。滑らかな象牙色の肌に、赤い痕が。まるで花びらのようだ。君にぴったりだよ、桜子。名前のとおり、君には、赤がよく似合う」

謡《うた》うように言葉を紡ぐ柳吾は、まるで詩人だ。

いつでも回りくどい物言いをする人だが、今の彼は熱にうかされたように饒舌だった。

「あ、赤、って……桜、はッ、ぁあっ」

ピンク色でしょう、と続けたかったのに、背後から回ってきた柳吾の手が、桜子の胸を揉みしだいたせいで、言葉にならなかった。

それでも言いたいことは伝わっていたようで、柳吾がクスクスと楽しげに喉を転がすのが、振動として肌に直《じか》に伝わってくる。

「赤い桜もあるんだよ。正確には、赤に近い、紅——紅梅《こうばい》色、と言うのかな」

彼の大きな手によって自分の柔らかな肉がぐにぐにと形を変えられていく様を、桜子は不思議な思いで見下ろす。白い肉は、まるでつき立ての餅《もち》のようだ。

恥ずかしい。それなのに、身体の奥が疼《うず》くような、妙な高ぶりも感じる。

「寒緋桜《かんひざくら》と言うんだ。薄紅の桜が一般的だが、僕はこちらの方が好きだ。染井吉野《そめいよしの》よりもずっと早い時期……まだ冬が抜け切らぬうちに花開くから、寒緋桜と名付けられたんだろうな。厳冬を耐え抜き、凛《りん》と咲く紅——まさに、君のようだ」

「あっ、あぁぁ」

桜子は背をしならせて、ひと際高い声を上げる。

彼の手が桜子の胸の両方の尖りを弄ったからだ。

「ほら、この尖りも、同じくらい赤くなった」

「ひ、ぁ」

ふふ、と笑う吐息に耳を撫でられて、桜子はぞくぞくと身を慄《おのの》かせる。背中を反らせば、まるで胸を突き出し、背後に覆い被さる柳吾に尻を擦り付けるような体勢になった。

柳吾はそれを楽しむように笑いながら、両手の指で桜子の胸の尖りをいっぺんにクリクリと転がした。

「ん、ゃぁあっ、それ、だめぇ」

強い快感が身体の芯《しん》を直撃して、桜子は身を捩《よじ》って逃れようとする。だが逃げを打つ華奢な身体を封じ込めるようにして、柳吾が背後から抱き締め直した。

「だめじゃないだろう？　こんなに硬く凝《しこ》っているのに」

「あっ、耳元で、喋らないでぇ……！」

低い囁きが耳の中に吹き込まれるたび、胸の蕾を弄ばれるたび、桜子の身の内に甘い痺れが走る。

それがひどく気持ちよい一方、初めて知るその快感が怖くて、桜子の目から涙がぽろぽろと零れる。

なのに、いつも女神のように優しい柳吾が、桜子の涙を見てもやめてくれない。それどころか、零れる涙を見て「勿体ない」と呟いて、ペロリと舐めとったのだ。

誰かに顔を舐められる経験などなかった桜子は、驚いて目をぱちくりさせた。

合コン前に文乃に化粧直しをしてもらったため、目にはいつになくメイクがこってりのっている。それを柳吾の口の中に入れたくなくて、桜子は首をねじって柳吾の顔を避けた。

「ダメだ。泣くならその涙も僕に寄越しなさい」

子どもの我が儘を窘《たしな》めるかのような口調で言われたが、その内容が意味不明である。

「わ、け、わかんなぃい……」

思ったままに苦情を言っても、柳吾は笑うばかりだ。

「可愛いな、桜子」

終いには甘すぎる声でそんな台詞を吐いてくる。

本当にわけがわからない。

——どうしてこんなことになってるんだっけ？

そんな疑問を抱いている間も、柳吾の愛撫はやむことがない。酒と快楽でグタグタになった脳みそで、桜子は必死に現状を把握しようと試みる。

酔っ払って柳吾の部屋を襲撃して、抱っこをせがんだ。

柳吾は狼狽していて、でも抱っこはしてくれて。

抱っこされて、あったかくて、嬉しかった。

至近距離で見た柳吾の唇が、やたらと柔らかそうで、美味しそうで、思わずキスをしてしまって——。

——あれ？　じゃあ、私が最初に手を出しちゃったの？

そのことに思い至って、桜子は心の中でうむり、と一つ頷いた。

それならこの状況も致し方あるまい、と武士のように潔く思う。

「ひ、んっ」

桜子の武士的思考をぶった切るように、柳吾が耳の中を舐めた。ぐちゅり、という粘着質な水音が鼓膜を大きく震わせて、ぞくぞくぞく、と愉悦《ゆえつ》の信号が背を走る。

耳を舐られる、という経験は初めてだった。

ただくすぐったいだけでない、愉悦を孕んだ慄きに、桜子は身体と心で驚いた。

桜子は処女だ。

これまで彼氏がいなかったわけではない。だが大学時代に、たった一人だ。

同じゼミの後輩だった元彼とは、裸で抱き合うまではいったものの、最後にまでは至らなかった。きっと初めて同士だったせいで、互いに未熟だったのだろう。良い人ではあったが、その失敗が原因でなんとなく気まずくなり、別れることになってしまった。

その元彼との行為は当然ながらこんなふうではなかった。

柳吾の愛撫は、桜子の全身を余すところなく触れ、撫で、舐めることで、まるでグズグズに溶かしてしまおうとするかのようだ。

桜子が反応したのが嬉しかったのか、柳吾はしつこいほどに耳を舐り続ける。

おかげで桜子は身を捩りつつ、はしたなく啼《な》き続けることになった。

快感が身の内側に溜まっていくのがわかる。じわじわと温度を上げていく練炭《れんたん》のようだ。熱は赤く熱く凝り、やがて弾ける時を待っている。

「可愛い」

桜子の乱れる様子に、柳吾はうっとりとそんな感想を述べた。

悪趣味だ、とべそをかきながらも、桜子は嬌声を上げることしかできない。

「あ、ぁあっ」

胸の尖りを弄んでいた大きな手が、するり、と脇腹を滑り降りる。あばらの浮いた薄い皮膚の上を撫で下ろされて、桜子はまたぶるっと身を震わせた。

そんな桜子の反応に、柳吾が満足げに喉を鳴らす。

彼の手はまだ足りないとばかりに、桜子の身体を探求し続ける。なだらかな曲線を描くウエストを優しく辿り、タイツの内側に手を忍ばせる。薄いナイロンとはいえ、守られていた一枚の壁をたやすく突破され、桜子はなんだか情けない気持ちになった。

そんな桜子の思いを余所《よそ》に、柳吾の手はやりたい放題だ。彼女の身体の中で最も肉感的と言える双丘へ辿り着くと、その柔らかさを確かめるように、ぎゅ、と肉を摑む。

「んんっ」

痛みを感じない程度の力だったけれど、これまでやわやわと撫でるだけだったのに急に力を込められたことで、桜子は眉根を寄せた。

だがすぐに宥《なだ》めるように唇を吸われる。

――「やめて」と言おうとするのを塞いでるみたい。

そう思ったのは、焦点が合わないほど至近距離にあるきれいな顔が、嬉しそうに笑んでいるのがわかったからだ。

――ばかだなぁ、私。

桜子は自分に呆れた。

柳吾が嬉しそうなだけで、多少の理不尽などすっかり許してしまっている。

くちゅくちゅと、舌が絡み合うたびに鳴る淫靡《いんび》な音にも慣れてしまった。

「ああ……滑らかで、柔らかく、温かい。なんて触り心地だ。皮膚でこの感触だとすれば、君の粘膜《ねんまく》はどれほど気持ちがいいんだろう」

唇をわずかに離した状態で、柳吾がうっとりと呟く。

その内容がひどく艶めかしいものであるにもかかわらず、この美しい男が言えば、なぜかいやらしさを感じさせない。

ずるい、と詰《なじ》ってやりたくなって眦《まなじり》を吊り上げるも、至近距離では細かい表情など見えないだろう。

だが柳吾にはこちらの言わんとすることが伝わったようだ。

くすくすと笑いながら、桜子の唇を啄《ついば》んでくる。まるでじゃれついてきた仔猫を宥める

親猫のようだ。それでも謝るつもりはないのか、笑うばかりなのが癪《しゃく》に障《さわ》る。

だからムッとなった桜子は、いたずらに唇を吸いにくる柳吾の唇を右手でぎゅっと摘まんでやる。

柳吾は目をぱちくりさせた。だが唇を摘まれたその顔も美しく、桜子は下唇を突き出した。

「ずるい」

先ほども思った感想をそのまま述べた。

『ただしイケメンに限る』という文句が常套句《じょうとうく》となりつつある昨今、ここでもそのセオリーが適用されるのか。ずるい。

桜子の文句に、けれど柳吾は同意するでも反論するでもなく、ふわりと微笑むだけだ。

再び桜子の唇を奪うと、今度は舌を差し入れる濃厚なキスをしてきた。

「んっ、ん、ふ」

次から次へと繰り出される柳吾の手管に翻弄《ほんろう》されて、桜子は眩暈《めまい》がしそうだった。

タイツの中の、桜子の尻を撫で回すに留まっていた手が、そろりと移動し始める。自分の体温より熱い別の人間の肌の感触が、柔らかな内腿をゆっくりと伝った。

タイツの中での動きはぎこちないが、窮屈《きゅうくつ》な分密着度が高い。指先から手のひらまで全部で摑むようにして触れられて、その手の大きさを否が応でも感じてしまう。

じわり、とまた下腹部に熱が溜まるのがわかった。
桜子は、そんな自分の身体を恥ずかしいと思った。
——だって、私、期待している……。
柳吾の手の進む先を知っている。処女とはいえ、そこまで子どもではない。
柳吾に触れてほしいと、自分の身体が言っているのがわかる。
——もっと奥まで。もっとずっと深く。
これが女性としての、動物としての本能なのだろうか。
けれど、元彼には感じられなかった欲求だった。
伸ばされた長い指がショーツのクロッチに触れた時、桜子はビクリと身を揺らした。
その場所が湿り気を帯びてしまっているとわかっていたからだ。
柳吾もそれに気づいていたのだろう。
くつりと喉を鳴らし、低く艶やかな声でそっと囁いた。
「濡れているよ、桜子」
かぁ、と顔に血が上《のぼ》った。
わかっていても、それを柳吾から指摘されるのは、ものすごく恥ずかしい。
それなのに、どうしてこんなにも胸が疼くのだろう。疼いているのは胸だけではない。
桜子の身体中の血が沸騰したみたいに熱くなって、そこかしこをじくじくと疼かせた。

この疼きをなんと呼ぶべきなのか、桜子は知らない。

でも自分の疼きを、柳吾に知ってほしかった。

「りゅうご、さぁん……！」

桜子は懇願を込めて、柳吾の名を呼んだ。

柳吾に宥めてもらいたかった。

この疼きを、この熱を。

欲望に逆上《のぼ》せた眼差しを受け止めた柳吾が眉を顰める。

「桜子……」

奥歯を噛み締めたまま唸るように呟かれた自分の名に、燻るような彼の欲望を垣間見て、桜子は歓喜した。

——嬉しい。

柳吾が自分に欲情している。それが堪らなく嬉しかった。

微笑む桜子に柳吾が唸り声で応じ、噛みつくように荒々しいキスをする。

口の中を蹂躙《じゅうりん》されながら、片方の手で左の胸の尖りを指で転がされ、もう片方の手で脚の間を弄られる。いっぺんにあちこちの快感を引きずり出され、桜子は身悶《みもだ》えした。

宥めてくれると思っていた柳吾は、桜子の中の熱をどんどん煽るばかりだ。

不意に柳吾の手が、もどかしいとばかりにタイツの中から抜き取られる。

そのままタイツのウエスト部分を摑むと、彼はそれを一気に引き下ろした。

「ん、——っ」

桜子が口を塞がれたまま小さく悲鳴を上げる。

膜のように覆ってくれていたナイロンが剝ぎ取られ、空気に晒された肌が一瞬粟立った。

柳吾の手は迷うことなく脚の間へと戻り、ショーツの脇からするりと指を入れられる。

ぐちゅり、と小さな水音が聞こえて、堪らずぎゅっと目を閉じる。

キスの合間、柳吾が囁き声で「あつい」と言った。

それが自分の粘膜に触れた感想だとわかったけれど、恥ずかしいと思う間もなく、その指が蠢《うごめ》き出す。

経験のない桜子のそこは、愛蜜を零してはいても、まだぴったりと閉じている。その筋をなぞるように、指が上下に行き来した。零れた蜜を纏った指は、驚くほどスムーズにぬるぬる動く。

やがて指は二本になり、閉じた花弁を開くような動きをした後、そっと一本が蜜口に差し込まれる。

「——っ、ふ」

自分以外のものが身体の内側に入り込む感覚に、桜子は息を呑む。

それに気づいたのか、柳吾の指はほんの少し入り口に入っただけで動きを止めた。

舌が引き抜かれキスがやみ、焦点が合う距離まで顔を引いた柳吾が桜子を凝視した。

「——初めてなのか?」

問われ、桜子は正直にこくりと頷いた。

この年まで処女であることを、柳吾がどう感じるか見当もつかない。

だが、彼に嘘はつきたくなかった。

柳吾はしばし絶句していたが、その表情に嫌悪や呆れた様子は見られない。

そのことにホッとして、桜子は手を伸ばしてきれいな顔に触れた。

「やめないで」

小さな懇願に、柳吾は瞳を揺らした。

「だが」

「柳吾さん、お願い」

背中に手を伸ばし、柳吾のパジャマをぎゅっと摑めば、彼は一瞬眉根を寄せたが、すぐにいつもの微笑を浮かべた。

女神の微笑だ、と桜子は思う。

困った者を見ると、仕方ないな、と許してしまう、慈悲深い女神の微笑み。

柳吾はいつだって、この微笑みで桜子の暴挙や厚顔を許し、桜子が求めるままに与えてきた。

──今回も、そうやって許してくれるの？

そうやって、与えてくれるのだろうか。

性愛すらも。

ズキリ、と胸が痛んだ。

けれど酒精《しゅせい》の酩酊感を言い訳にして、桜子はそれを見ないふりをした。

今手にしているこの温もりを、熱を、どうしても放したくなかった。

「桜子」

少しだけ掠れた声で、柳吾が名を呼んでくれた。

それがどうしようもなく嬉しくて、桜子は自ら柳吾の頭を引き寄せて、キスをねだる。

柳吾はすんなりと受け止め、舌を絡めてくれた。こなれた動きに翻弄されそうになりながら、桜子も懸命に応じる。

キスで桜子を翻弄しながら、柳吾は指を動かすことも忘れていなかった。入り口の浅い部分を指先でくすぐるようにしながら、親指で秘裂の上に隠れた芽を撫でる。

「んんっ」

快感を拾いやすい場所に触れられて、唇を塞がれたまま、桜子が甘い悲鳴を上げる。

柳吾は反応があったことを喜ぶように、そこを丹念に弄り始めた。指の滑りを良くするためか、一度蜜口で淫液に絡めるように動かした後、再び戻ってくると、それを芽に擦り付ける。

強すぎず、弱すぎない力で、円を描いて撫でられる。

そこから快感の痺れが血管に伝ってドクドクと全身に流れ出した。

快楽は、熱く甘い毒のようだ。

血潮の中に溶け込み、人から理性をじわじわと奪っていく。

「息をして、桜子」

耳の中に吹きかけるようにして、柳吾が言った。それで初めて、キスがやんでいることと、自分が呼吸を止めていたことに気づいた。促されるがまま息を吐こうとするも、貪欲に愉悦を求める身体がそれを拒んだ。柳吾の愛撫で高まった熱が、もうすぐ弾けるのを、本能で知っていた。

涙を浮かべてふるふると顔を横に振る桜子に、柳吾が吐き出すようにふすりと笑う。

「果てまで欲しいのか。仕方のない子だ」

そう呟くと、真っ赤な顔をした桜子の額に優しく口づけた。と同時に、芽を撫でていた指の動きが速められる。

「ぁ、あ、ぁあ――――!」

鳴き声と一緒に、堰《せ》き止めていた息が、小刻みに吐き出された。

チカチカと眼裏に火花が散る。

膨れ上がった快楽の熱が、桜子の身体中の血を沸騰させる。

堪らず身を捩り、背をしならせる桜子の華奢な身を、見た目よりもがっしりとした体軀で柳吾が受け止めた。

仰け反って自分の首筋に寄せられた桜子の顔に頬擦りをすると、その目尻に零れた涙を吸い取りながら、そっと命じた。

「いいよ。達《い》きなさい、桜子」

命令は、許しと同じだった。

桜子はその言葉に安堵し、弾ける衝動に身を任せたのだった。

＊＊＊

ガンガンと頭の中に鳴り響くようなひどい頭痛で目が覚めた。

「!?」

痛い。そして、気持ち悪い。

うう、とうめき声を上げながら起き上がると、目の前にスッと水の入ったグラスが差し出される。

「あ、どうも……」

まだ寝ぼけた頭で礼を言い、それを受け取って目を伏せてゴクゴクと飲み干す。

「ぷ、は……」

身体が水を欲していたらしい。生き返った気持ちで目を開いて、違和感に気づいた。

「え……？　あれ？」

視界に映る光景が、自分の部屋と異なる。

壁一面の本棚、オシャレなグレーのブラインド、そしてパソコンデスク。ここは——。

「柳吾さんの部屋……？」

「そのとおりだ」

低く艶やかな声がして、ひ、と飛び上がった。

パッと前を向いて、自分にグラスを差し出してくれた人物に視線を向ければ、やはりそこには柳吾がいた。

腕を組み、ひどく渋い顔で仁王立ちしている。

渋い顔をしても男前なその顔を見て、昨夜の記憶が走馬灯《そうまとう》のように蘇った。

「あっ……」

サァアアッと血の気が引いた桜子を見て、柳吾は溜息を吐く。

「その様子だと、記憶はあるようだな」

「は、はい……」

消え入るような声で認めつつ、桜子はうなだれた。

——うう、できることなら、忘れたかった！

なんということをしてしまったのだろう。昨日の自分を絞め殺したい。

酔って真夜中に柳吾の部屋を襲撃し、その上絡んで盛大にセクハラをかましてしまったのだから。

——よりによって、柳吾さんに……！

嫌われては困る人。絶対に、嫌われたくない人なのに。

泣きたくなりながら、桜子はベッドの上で正座をする。自分の身を見下ろせば、ちゃんと服を着ている。きっと柳吾が行為の後で着せてくれたのだろう。何から何まで、と冷や汗しか出て来ない。

——しかも、私の記憶が確かなら……。

最後まで、いたしていない。柳吾は強引に迫る桜子を丁寧に高みまで導いてくれたが、自分の欲望を解放していない。桜子は酒には酔っても記憶を失ったことは一度もないし、処女の桜子が最後までされていれば痛みを伴うはずで、そんな衝撃的なことを忘れたりはしないだろう。

——つまり、柳吾さんは、私の乱心に付き合って宥めてくれただけ、なんて……！

切腹だ。切腹しよう。

衝動的に思ったが、実行するわけにもいかない。当たり前である。

桜子はそのまま手をついて土下座の体勢をとった。

柳吾の顔を怖くて見られなかった。

「大変ご迷惑をおかけして……」

謝ろうとした桜子の声を遮るように、柳吾の厳しい言葉が降ってきた。

「桜子。君はもっと自分を大事にしなさい。自分を大事にできない人間は、誰のことも大事にはできないんだよ」

もっともである。柳吾のお説教も、今回ばかりは桜子に反論などできようはずもない。

硬い声音は、彼の呆れを表しているようでいたたまれない。

「ご、ごめんなさい……」

ただそう言うしかない桜子に、けれど柳吾は深く溜息を吐いた。

「そうじゃない。謝ってほしいわけじゃないんだ」

どこか困ったような言い方は、理解力のない子どもに教える教師のように思えた。

しかし桜子は謝る以外に言葉を持ち合わせておらず、ひたすら「ごめんなさい」を繰り返す。

柳吾は埒《らち》が明かないと感じたのか、「もういい」と言って、俯《うつむ》く桜子の髪をくしゃりと撫でた。

自室に帰り、桜子はへなへなと玄関にへたり込む。

自分のしでかしたことが、今後の柳吾との関係を悪化させたらどうしようという不安で涙が込み上げる。

最後に、柳吾が頭を撫でてくれたことだけが救いだ。

——許してくれるかな？

許してほしい。そして、今までと変わらず接してほしい。

柳吾に避けられたりしたら、きっとすごく苦しくなるだろう。

そこまで考えて、ゾッとした。

柳吾に避けられた時の恐怖と、すっかり彼に依存している自分にだ。

——私、ヤバイ。

いつの間に、こんなに依存してしまっていたのだろう。

私は、一人で生きていかなくちゃいけないのに。

誰にも頼っちゃいけないのに。

自分の目の前に、真っ暗な落とし穴が開いていたことに、初めて気がついた——そんな気分だった。胃の底が抜けて、自分がそこからサラサラと流れ出ていき、落とし穴に吸い込まれていく。

そんな妄想に取りつかれ、桜子が目を閉じた時、スマホの着信音が響いた。

ハッとして目を見開き、慌ててバッグからスマホを取り出す。

光るディスプレイを見て、息を呑んだ。

叔父の名前だった。

高校を卒業して叔父の家を出てから、彼らの家族とはほとんど連絡を取っていない。

両親が亡くなり、祖母に本格的な介護が必要になった時、桜子は未成年だった。

そのため祖母の成年後見人は、祖母とは血の繋がらない叔父夫婦になっている。入所している施設から祖母のための金が必要になった時以外、連絡が来ることはない。

――今は、お金が必要な時期じゃないのに。

祖母の施設の費用は、公的制度を使っていることと、祖母の年金があるため、桜子の負担はそれほどではない。それでもすべて賄《まかな》えているわけではないので、年に四回、まとめて支払いが来るのだ。桜子はそれをボーナスなどから捻出《ねんしゅつ》しているのだが、今月は支払いの月ではないはずだ。

嫌な予感がして、桜子は震える手で受信ボタンをスライドした。

自分の内側で、ドッドッド、と速いリズムで心臓が動く音がする。

「はい――」

受話口から聞こえてくる叔父の声が鼓膜を揺らした。

『桜子ちゃんかい？　今、施設から連絡があって――』

＊＊＊

柳吾は悶々《もんもん》としていた。

酔っ払いの桜子に襲われて数日、彼女なりに反省しているのか、顔を見せに来ないのだ。

――言い過ぎただろうか。

あの朝お説教をした時、桜子はひどく落ち込んでいた。

何度も「ごめんなさい」と繰り返す様子に、そうではない、謝ってほしいわけではないのだ、と思ったが、あまりにも憔悴《しょうすい》した顔をするから、それ以上言えなくなった。

さて、仲直りだ、とご飯を作り隣室へ呼びに行くも、留守。

帰宅しているのかいないのか、物音がまったくしないのだ。

心配になって、桜子のスマホに電話をかけるも留守電になる。メールをしても、梨《なし》の礫《つぶて》だ。

それが数日続き、柳吾はすっかりやきもきしてしまっていた。

――どこへ行っているんだ？　何かあったのか？

あの朝別れてからこんな状況なのだから、原因はあの夜の出来事にあると考えるのが妥当だ。

もし桜子が柳吾に怒られたことを気にするあまり、あの藤平という同僚の家にでも転がり込んでいたら、と思うと、脳の血管が焼き切れそうになってしまう。

――ウチの子に不埒な真似など、許さんぞ、藤平！

想像の中の藤平に木刀を叩きこみながら一人憤っていると、ガタン、と隣部屋から物音がした。

桜子が帰宅したのかと、柳吾は弾かれるように隣へ走った。

柳吾が鳴らしたインターホンを受けてドアを開けた桜子は、驚いたように目を見開いていた。

「柳吾さん」

驚いたのは、柳吾もだった。

桜子は疲れているのか目の下に隈《くま》があり、数日姿を見ていないだけだというのに、少し痩せたようにも見えた。

なにより柳吾を驚かせたのは、彼女が着ていた服だった。

墨のように真っ黒いフォーマルな形のワンピースに、黒いストッキング。首元には、パールのネックレスをしている。

――喪服《もふく》。

「桜子……」

息を詰めた柳吾に気づいたのか、桜子は自分の恰好を見下ろして、はは、と笑った。

「あー……すみません。ご飯、要らないって言うの、忘れちゃってて……。身内に不幸があって、ちょっと地元に帰ってました。なんかもう、すごく忙しくて、スマホも出られなくて……本当にごめんなさい……」

こんな時ですら笑おうとする桜子が痛々しくて、柳吾は眉根を寄せる。

「お祖母さんが……？」

以前酔っ払った時に、身内は祖母だけだと言っていたのを思い出して尋ねれば、桜子は目を瞠って、また笑った。

「そうなんです。もう八十過ぎてましたから、大往生《だいおうじょう》だったんですけど。連絡もせず、すみませんでした」

「いや……」

貼り付けたような微笑みを浮かべたままの桜子に、柳吾の胸が痛む。

――こんな時ですら、この子は泣かないのか。

そう思って、いや、と思い直す。

――泣けないんだ。

人を頼れないノラ猫は、泣き方を知らないのだ。

忙しくてスマホに出られなかったと言っていたが、理由は忙しさだけではなかったのだろう。

――きっとこの子は、泣いてしまうのが怖かったのだ。

柳吾の声を聞けば、我慢していたものが溢れてしまうかもしれないと、危惧したのではないだろうか。

うぬぼれだろうか。

だが、熱があったり、酔っ払ったりと自制の利かない時であったにしろ、あんなに不安そうで寂しげな顔を見せてくれたのは、多分、自分だったからだ。

柳吾は口を真一文字に引き結ぶと、桜子の手を摑んで引っ張った。

「え？　ちょっ、柳吾さん？」

「いいから、おいで」

驚く桜子を強引に自室へ連れ帰った。

「君が来ないから、作り置きの料理が溜まって困っているんだ。来て、一緒に食べなさい」

戸惑う桜子をダイニングテーブルの椅子に座らせ、溜まっていた料理を冷蔵庫から取り出し、必要なものを電子レンジで温め直すと、次々に彼女の前に置いていく。

銀ダラの西京漬け、豆腐とカニのみぞれ蒸し、ナスの味噌炒め、ほうれん草のお浸し、鶏肉とチーズのフライ、ニンジンのラペサラダ——あっという間にいっぱいになった食卓を、桜子は呆気にとられたように眺めていた。

「温め直しですまないね。けど、ご飯だけは炊き立てだ」

最後にトン、と炊き立てのご飯をテーブルに置けば、茫然としていた桜子が、おもむろに手を伸ばしてその茶碗を取る。

その時、ぐう、と可愛い音が桜子のお腹からした。

「あ……そういえば、朝からなんにも食べてなかった……恥ずかしいなあ」

片手で自分の腹を押さえ、桜子が少し照れたように笑って呟く。

その笑顔さえ消え入りそうで、柳吾はその小さな頭に手を置いて、くしゃりと撫でた。

「たんとおあがり」

桜子は柳吾を見上げて、何かを堪えるように、口をぐっとへの字に曲げた。めいっぱい開かれた目尻が赤くなっていくのを見て、泣くのを我慢しているのだとわかる。

——我慢など、しなくていいんだ。

柳吾は眉を下げて笑う。

「いただきます」と手を合わせて桜子が食べ始めた。その間も、柳吾は彼女の頭を撫で続ける。桜子はその手を止めようとはしなかった。

もぐもぐと物も言わずに食べ進める内に、大きな目から、ボロボロと涙が零れ出した。涙は頬を伝って、顎を滑り、テーブルの上にもポタポタと零れ落ちる。

「水たまりができてしまうな」

柳吾は笑って、桜子の頭を胸に引き寄せて抱き締める。

「今まで、よく頑張ったな。偉かったな」

労いの言葉を囁くと、桜子が堰を切ったように啼泣《ていきゅう》し始めた。

「おばあちゃん、おばあちゃん」と叫びながら泣きじゃくる小さな身体を抱き、揺すりながら、柳吾は思った。

この愛しくて、可愛い意地っ張りは、自分が守ろうと。

この娘が泣く場所は、いつも自分でありたいと。

第四章　恋

ぬくぬくした居心地のいい場所で、桜子は微睡《まどろ》んでいた。

あったかい。いい匂い。うっとりとするくらい気持ち好くて、このまま眠っていたい。

けれどどこが自分のベッドの中ではないという、微かな違和感が頭の片隅にあって、早く目を覚まさなくてはとも感じていた。

相反する欲求に葛藤しつつ、ごろりと寝返りを打てば、腰の辺りをぐいっと引き寄せられる感触があり、ぎゅ、と何かに抱き締められた。

——抱き締められる？

ぼんやりしつつも、状況判断をしようと脳が働き始める。

頬を押し当てているのが、自分の体温よりもわずかに高い体温の人の皮膚だと思い至って、パカリと目が開いた。

辺りは薄暗い。それでも見えたのは、その人の肌が白いからだろうか。

「っ！」

男の人の肌だ。なぜそれが男の人のものだとわかったかは、少しはだけたパジャマから覗く筋肉質な胸元と、長い首に喉仏があったからというだけではない。自分のしでかしたことの記憶が一気に蘇ったからだ。

――私、柳吾さんに……！

泣きじゃくって、抱き着いてあやしてもらった。

記憶の中の事実を時系列を追って思い出し、愕然とした。

――うわあああああああ!!

頭を抱えて悶絶したい衝動に、内心のたうち回る。本当なら壁に頭を打ち付けたいところだったが、それをやれば安眠中の柳吾を起こしてしまうだろう。

柳吾は桜子を抱きかかえた体勢でスヤスヤと穏やかな寝息を立てている。

無防備で静かなその表情は、眠っていても美しい。

――口が、少し開いてるのにな……。

口を開けて眠っていても、美形は美形ということか。

――私がこんなにも悶えてるっていうのに、暢気なもんだな！

と一瞬、理不尽な怒りに駆られたが、すべての元凶は自分であり、柳吾はまったくの被害者であることは重々承知している。

ここは柳吾が目覚める前に身なりを整えて、この前のように土下座の準備をするべきだろう。

柳吾は、優しい。本当に、どうしようもないくらいのお人好しだ。

あんなに破廉恥で不届きなことをしでかした自分を許しただけでなく、子どもみたいに泣きじゃくるただの隣人を優しく宥め、こんなふうに抱き締めて眠ってくれるくらいだ。

問題は、それを享受している自分の図々しさだ。

柳吾に甘えて、依存して、彼の厚意を搾取《さくしゅ》している。

——これじゃ、ダメだ。

柳吾に迷惑をかけない、まっとうな人間になりたい。それにはまず、柳吾に甘えないことだ。今回のことを謝罪し、たとえ柳吾が「許す」と言っても、自分は自分に罰を課し、贖《あがな》わないといけない。

そう決意し、ぬくぬくして居心地の良いこの場所から這い出ようと、そっと動いたところで、柳吾の眠そうな声が耳に届いた。

「……さくらこ?」

なんということだ、と桜子は驚愕する。

——柳吾さんがひらがなを喋っている……!

半分眠っているのか、柳吾の声にはいつものキレがなく、少々間延びしたものになっている。それはまるで、漢字をひらがなにしたかのような、柔らかく甘えた声色だったのだ。

――きゃ、きゃわゆいが過ぎる……!!

意味もなく赤面しながら、桜子は心の中で悶絶する。普段四角四面と言っていいほど生真面目で堅苦しく、すべての言葉を漢文で喋っていそうな柳吾が、無防備な寝顔を晒し、舌っ足らずな口調で「さくらこ」と呼んだのだ。

今度こそ、正しくギャップ萌えというやつだ。

――ひどい！　こんなの、ツンがデフォルトのエマ姫がダレンにだけ垣間見せるデレと同じレベルの破壊力じゃないか！

大好きな『ホリツイ』のキャラクターを例に挙げて桜子が懊悩《おうのう》していると、またもや柳吾の眠たげな声が降ってきた。

「ン……さくらこ？」

「は、はいぃ！」

再びギャップ萌えの心をくすぐられ、悶える内心を押し殺して返事をすれば、押し殺し切れなかった萌えが無駄な大声となって出てしまった。

だが柳吾は気にならなかったようで、とろんとした眼差しを桜子に向けると、不思議そうに顔を傾けた。

「さくらこ、かおが、なんだか赤いな……。暑いのか……？」

この人こんな美形なのに、寝起きが赤子みたいに無防備で大丈夫なのか肉食獣に食われるんじゃないの、と頭の中をよくわからない疑問でいっぱいにしながら、桜子は力強く否定する。

「暑くないっ、ですっ！　むっちゃ適温！　最高です！　問題ありません！」

「そうか……」

明らかに違和感がありすぎる返答だったにもかかわらず、半分微睡んだままの柳吾は、一言応じると、とろりと微笑んで、再び桜子を抱えて瞼を閉じてしまった。

——いやちょっと待って、まだ寝ないで！

先ほどよりも更にしっかりと抱き締められ、桜子は慌てて止めようともがいた。

だがもぞもぞとした動きに反応した柳吾が、なぜか桜子の頭に頬擦りをしてきたものだから、驚きのあまり硬直してしまう。

肌を擦り付けられるせいか、桜子のお気に入りの柳吾の匂いが濃くなって、脳髄《のうずい》を直撃する。刺激された脳に蘇るのは、昨夜子どものように泣きじゃくった自分が、この胸に優しく抱き締められたことである。

——ひぃいいいい！　やめてぇええええ！　忘れてください、柳吾さん！　速やかに昨夜の記憶を抹消《まっしょう》してください！

恥ずかしさと申し訳なさに喚き出したくなるのをすんでのところで堪えて、桜子は必死に柳吾の胸をパンパンと叩く。

「りゅ、柳吾さん、お、起きてくださいぃ……」

桜子の震え声に気がついてようやく目を開いた柳吾は、桜子の懇願するような上目遣いと目が合うと、ふわりと微笑んだ。

「……うん？　腹が減ったのか？」

「い、いや、そうではなくて」

「なら、もう少し、こうしていよう……」

訥々とした喋り方から、まだ寝ぼけているのが窺い知れる。

ぬくぬくと心地よさげに微睡む柳吾を覚醒《かくせい》させるのも気が引けて、桜子は唇を噛みつつ抵抗をやめた。

大人しくなった桜子の頭を、柳吾が目を閉じたままするりと撫でる。

大きな手の感触に、すっかり安堵してしまう自分は、相当のばかで、意志薄弱だ。

心の中で自分を詰りながら、桜子にもなんだかとろりと眠気が襲ってきた。

自分の呼吸が次第に寝息に変わっていくのを感じる中、桜子は柔らかな柳吾の声を聞いた気がした。

「……君は、まるで仔猫のようだな」

――ああ、本当に。柳吾さんの猫だったら、良かった。

そうすれば、こんな葛藤もなく、彼の傍にいられただろうに。

そんなことを思いながら、けれどその願望も微睡みの中に消えていった。

＊＊＊

――一体どういうことなのだろう。

桜子は箸で摘まんだ牛肉の八幡《やわた》巻きをじっとりと見つめながら、内心で頭を抱えていた。

時刻は正午を十分ほど過ぎた頃。

昼休憩に入り、桜子は事務所の休憩室で弁当箱を広げたところである。

今日の弁当は、ゴボウとニンジン、インゲンを彩り良く牛肉で巻いた八幡巻きに、セロリのきんぴら、出汁巻き卵にカボチャのサラダだ。ミニトマトも付いている。

それらが、朱塗りの女性らしい楕円形のお弁当箱に美しく収められていた。

下の段に盛られた白飯には、鮮やかな桃色の漬物と、黒い胡麻が飾られている。

この完璧なお弁当は、無論桜子の手製などではない。

言うまでもなく、桜子の隣人にして慈悲深き女神、桃山柳吾の作である。

「あら、大正桜子のお弁当、すごいわね！」

桜子より少し遅れて休憩室に入ってきた藤平が、テーブルの上の桜子の弁当を見て目を輝かせた。

「彩りも栄養バランスも完璧だわ！　このお弁当だけで、軽く十品目はとれてるわよ。どうしたのこれ。実家のお母さんでも遊びに来てるの？」

「うぬ……！」

ここで桜子の手作りか、と尋ねないところが藤平である。

失礼極まりないが、自分で作っていないのは事実なだけに、その失敬は甘受《かんじゅ》するしかあるまい。渋い顔をしつつ、藤平の質問に桜子は首を横に振る。

「これは親切な女神様からの施しなのです」

「なにそれ怖い」

藤平は桜子の隣に座り、自らも弁当の包みを開きながら、胡散臭そうに眉を寄せた。

弁当男子藤平の今日のメニューは、ピタサンドのようだ。薄いピタ生地の中にサラダ菜や照り焼きっぽい色合いの鶏肉、トマトやニンジン、スライス玉ねぎなどが見えて、実に美味しそう、かつオシャレである。

「藤平は本当に無駄に女子力高いよね……」

「大正桜子も、今日のお弁当だけ見れば女子力高いわよ。自分で作ってれば、だけど」

「念を押さなくてもわかってるよ……」

一点の曇りもない笑顔で言われ、思わず苦い顔を見せてしまう。

いつもなら可愛げのない皮肉で返すところだ。

桜子の様子がいつもと違うことに気づいたのだろう。藤平が目をキョトンとさせて、こちらを覗き込んでくる。

「どうしたの、大正桜子。珍しく落ち込んでる感じ？」

「……珍しくって、藤平ホントに失敬だよね……」

小さな声で嫌みを言いながら、桜子は箸で摘まんでいた八幡巻きを口の中に入れる。

生姜の利いたお醤油味。みりんでほんの少しだけ甘味を加えているその味付けは、食事にあまり甘味を好まない桜子仕様になっている。

――こんなふうに甘やかさないでほしいのに。

なんだか喉が塞《ふさ》がって、噛んだものをうまく飲み込めない。本来ならば嬉しいはずのこの味が、少し苦く感じてしまうのは、ひとえに自分の情けなさが原因だ。

柳吾は『例の二つの事件』の後も、まったく変わらぬ態度を取り続けた。

『例の二つの事件』とは言うまでもなく、桜子が柳吾に盛大なセクハラをかました件と、祖母の葬儀から帰った日、彼に抱き着いて子どものように泣きじゃくった件のことである。

泣き疲れて眠った翌朝、柳吾のベッドで（しかも彼の腕の中で）目を覚ました桜子が、あろうことか居心地の良さに負け二度寝をかました後、再び目を覚ました時には既に柳吾の姿はなかった。

焦って起き出しリビングへ駆け込めば、柳吾はオシャレエプロンを身に着けてパンを焼いていた。しかも、市販のパンをトースターで焼いているのではなく、生地から作ったパンをオーブンで焼いていたのである。

——イヤあなた料理研究家ですか！

と、思わずツッコミたくなったのは致し方なかろう。

柳吾は桜子に気づくと、大きく眉を上げて言った。

『起きたのか、桜子。おはよう』

『お、おはよう、ございます……？』

『まだ寝ぼけてるようだな。顔を洗ってシャンとしておいで。クロワッサンが焼けるよ』

そのあまりにいつも通りな態度に、桜子はむしろ気圧されてしまい言われたとおりにするしかなかった。そして顔を洗って戻ってみれば、お約束のように、ダイニングテーブルにキラキラしい朝食が用意されていた。

『今朝は洋風にしてみたんだが』

『オ、オムレツ、ふわっとろっ……！』

『ヨーグルトにかけているラズベリーソースは昨日こしらえておいたんだ』

『ベリーの香りと酸味が濃厚なヨーグルトに非常にマッチしている……マリアージュが神

業すぎますぅううう！　このクロワッサンも焼き立てとかぁああ……！』

『たんとおあがり』

柳吾の様子はその後もまったく変わることなく、そして前夜にあった出来事に触れられる雰囲気でもなかったため、結局桜子は謝罪もできていない有り様だった。

――なかったことに、してくれてる……？

柳吾の態度をそう取った桜子は、安堵してしまう自分に呆れてしまった。

なかったこと――これまで通り、仲の良い隣人として接してくれる――。柳吾に依存していたくない桜子にとってはとんでもなく都合のいい話だ。

それなのにどうしてか、ちくりと胸が痛んだ。小さな痛みだ。でも、その痛みは消えてなくならない。

柳吾がこれまで通りの関係を求めるなら、桜子には受け入れる以外の選択肢はない。『あったこと』にして、柳吾との関係が壊れてしまうのは、死んでも嫌だ。

謝罪をして許されたかった、という気持ちもあったが、それも結局桜子の自己満足に過ぎないだろう。ただ許されて自分がスッキリしたいだけなのだから。

そう割り切ったはずなのに、どうしてかなかったことにされて以来、桜子の心の中にモヤモヤとしたものが巣くっているのだ。

柳吾はいつも通り慈悲深い女神のごとき優しさで、毎日桜子の帰宅を待ち、あたたかな部屋に迎え入れてくれ、美味しい手料理をふるまってくれる。最近では『残り物を詰めただけだから』と、こうして弁当まで持たせてくれる賢母っぷりである。

しかしここまで清々しくなかったことにされると、なんだか……こう、もやっと苛立ちめいたものが湧いてきてしまうのは、やはり自分の性根が腐っているからだろうか。

柳吾のことを考えていたせいで、顔がすっかりブスくれていたらしい。

藤平が恐る恐る自分のデザートのイチゴを差し出してくれた。

「た、食べる？」

「食べる」

桜子は頷いて、藤平の手にあるイチゴの入った容器を受け取ると、中に入っていたイチゴをもりもりと口に運んだ。

イチゴは瑞々《みずみず》しく、甘かった。それなのに真顔でモグモグと口を動かすだけの桜子に、藤平は困ったように笑って息を吐いた。

「ホントに、どうしたのよ。美味しいものを食べてるのにそんな顔、大正桜子らしくないわよ。僕で良ければ話を聞くけど、話してみない？」

友人の温かな言葉に、思わずじわ、と涙腺が緩みそうになる。

慌てて奥歯を噛み締めてその衝動をやり過ごし、ゴクリと口の中のイチゴを飲み込んでから、桜子はおもむろに話し出した。

「……いつも、お世話になっている人がいて」

「お世話に？」

「……アパートの、隣人なんだけど。作りすぎたからって、ご飯とか、ご馳走になるようになって」

「あ、もしかしてこのゴージャスなお弁当もその人が？」

勘の良い藤平がすぐに桜子の弁当の謎の答えに気づいたので、桜子はこくりと首肯する。

「へぇ。いい人ね。いくつくらいの人なの？」

「確か……三十二歳、って聞いたと思う」

いつだったか年の話になった時、柳吾がそう言っていたのを思い出しながら答えれば、藤平は意外そうな顔をした。

「あ、わりと若いんだ。なんかずいぶん世話焼きっぽい感じがしたから、もっと年配のご婦人なのかと思ったわ」

「……いや、ご婦人っていうか……女神？」

藤平が柳吾のことを女性だと思い込んでいることに気づいていたが、桜子は敢《あ》えて否定はしなかった。

いくら気心の知れた藤平とはいえ、柳吾にセクハラをかました話まですることもりはなかったし、そんなことを他人に、まして異性に話すなんぞ、恋愛経験値の乏しい桜子にはできっこない。

よって今相談に乗ってもらうのも、自分の不甲斐ない現状についてのみだ。

隣人が男性であると教えれば、要らぬ心配をかけてしまうだろう。

桜子の心の内など知る由もない藤平は、女神という単語にキラリと目を光らせた。

「美人なんだ？」

「ものすっごく」

こういうところは藤平も男である。オネエ口調だが、性的指向は完全にノーマル。普通に美女が好きなのだ。

「それは是非お会いしてみたいわねぇ」

「いや藤平が会う理由はないでしょ……」

呆れて半眼になる桜子に、藤平はバチンと見事なウインクをしてみせる。

「だってもしかしたら僕の運命の女神かもしれないでしょう？」

それは絶対にない。

面倒だったので、「機会があったらね」と受け流しておく。

「で、話を元に戻すけど。その料理上手な女神にお世話を焼かれちゃってるアンタが、なんでまたそんなにアンニュイなの？」

自身もイチゴを口の中に放り込み、モグモグと咀嚼《そしゃく》しながら藤平は首を傾げた。

「いや、それが、なんとも説明しづらい感覚なんだけど……」

「へえ？」

「つまり、私って、女神に与えられるばっかりで……なんにも返せていないのに、まるで当然みたいに女神からの恩恵に甘えてて、なんかもう、ホントダメ人間だなぁって……」

なんにも返せていないどころか、その女神を押し倒してチューとか抱っことかせがんだ挙げ句強姦未遂をかましたダメ人間……どころか犯罪者です、と桜子は心の中で懺悔《ざんげ》する。

その上、その被害者の前で号泣して慰めてもらいました。

——なんなの？　柳吾さん本当に女神なの？

考えれば考えるほど柳吾に申し訳なくて死ねる。

「ほうほう」

「しっかりしなきゃ！　って頑張ろうとしても、女神が変わらぬ笑顔で手を差し伸べてくれちゃうもんだから、ついその手を……。だから私はダメ人間なんだって、もう延々とループしちゃってて……！」

なかったことにされてる今の状況が蛇《へび》の生殺し状態っていうか、怒ってほしかったっていうか、いやそうじゃなくて……と、藤平に言えない内容のことを考えているうちに、自分の情けなさに涙が出そうだ。

クッ、殺せ……！　と言わんばかりの苦渋に満ちた顔をする同僚を、藤平は頬杖をついて眺めている。その表情が、孫を愛でる好好爺《こうこうや》のような笑顔になっていて、桜子は下唇を突き出した。

「なに笑ってるの、藤平」

「いやぁね、大正桜子って良い子だなぁって思っちゃって」

「はぁ？」

　今の話をどんなふうに聞いたらそんな結論になるのだ、と眉を顰《ひそ》める桜子に、藤平は笑みを深めて言った。

「だって、要約すれば、女神のご恩に報いたい、そのために立派な人間になりたいって、そういうことでしょう？」

　ドヤ顔で言った藤平の背後に、パァアアアア、と天国からの光が射し、彼の背に天使の羽――の幻覚が見えた気がする。

「え……え、そ、そう、なのか、な……？」

　天使藤平の清らかさに己の思考回路まで浄化された気がして、桜子はおずおずと首を傾げる。

「そうよ！　ホント、大正桜子ってシャイっていうか、自分のそういう良い面を隠したがる傾向があるけど、アンタってすごく真面目で良い子なのよ。それをちゃんと自分でも認めてあげないと」

「う、うん……？」

桜子の手をギュッと握って力説する藤平に気圧されて、桜子は頷いた。

「あ、そうだ。僕の通ってる料理教室に、大正桜子も行ってみたらどう？」

「え？　料理教室？」

料理上手な藤平は、なるほど料理教室なるものに通っていたのか。どこまで女子力が高いのだろうこのイケメンは。

そして『料理教室』――自分には不似合いこの上ない単語である。

怪訝な顔で訊き返せば、藤平は眩い笑顔を見せた。

「ほら、普段お世話になってるその女神に、今度は大正桜子が手料理をふるまってあげればいいのよ。きっと喜んでくれるわ！　すごく丁寧に教えてくれる先生だからおススメなのよ！」

「ＯＨ……」

眩しすぎて直視できない。

アドバイザー・エンジェル藤平のあまりのきららかさによって、己の薄汚さが余計に浮き彫りにされてしまい、桜子は外国人のような返事をする。

自分の悩みの解決策として、料理教室は少々違うと思った桜子は、「か、考えておくね……」と返すに留めたのだった。

頭から熱いシャワーを浴びながら、桜子は考えていた。

今日の昼に藤平からもらった助言についてだ。

料理教室に通うというのは少々的外れに感じたが、そもそも桜子が悩みの全貌を話していないので仕方ないだろう。

――だって私が本当に悩んでるのは、柳吾さんとの距離の取り方だ。

妙な因果から仲良くなった隣人。お説教好きで、お節介で、慈悲深くて、隣に住むまぬけな小娘を放っておけないお人好し。

きっと柳吾は、桜子がやらかしたセクハラのことや、子どもみたいに泣きじゃくってしまったことに、不要な責任感を抱いてしまったに違いない。

その証拠に、あの後から、柳吾の過保護に拍車がかかった。

それまで晩ご飯は一緒に食べていても、朝食や昼食は各々でとっていた。それが、ついでだからと朝食に誘われ、そしてお弁当まで持たされるようになってしまったのだ。

今では三食すべてを柳吾に用意され、食べさせてもらっている。

食を管理されると生活のほとんどを相手に把握される。起床時間、出勤時間、昼休憩を確保できたのか、残業はあるのかなど、仕事量から疲労度まで。

そしてクタクタになって帰ってきたところを、美味しいご飯と美しい笑顔、そして頭ナデナデつきの「よく頑張ったな」で癒やしてくれる。

――甘やかしすぎでしょう!!

これは、どう考えてもよくない傾向だ。

人間は順応する動物だ。甘やかされると、人は堕落する。柳吾に甘えて依存して、すっかりそれが当たり前になってしまう。

――それで、もし柳吾さんがいなくなったら?

繋いでくれていた手を放されたら?

あんなにも優しくて、恰好良くて、しかも料理まで上手な男性を、世の女性が放っておくはずがない。今は女性の影など見当たらないが、いつか恋人ができるかもしれない。

そうなったら、桜子の居場所はない。だって桜子は、ただの、隣人なのだから。

だから、今の状況をなんとかしなくてはいけない。

そう切羽詰まるほど感じているのに、現実の桜子は現状を打破するための準備がまるでできていない。

――だって、嬉しくて仕方ない……。

甘やかしてくれる柳吾の笑顔が、広げられた腕が、撫でてくれる手が、すべて泣きたくなるくらい、嬉しくて仕方ない。

拒むべきだと、自分で生活できるのだと主張すべきだとわかっているのに、どうしてもできない。

情けない。恥じるべきだ。自分で立たなければいけないのに。

シャワーに打たれたまま浴室の鏡に額を付ける。シャワーは熱くても、鏡までは温まっていなかったようで、冷たく硬質な感触が肌に当たる。

目を開ければ、なんとも情けなく眉を下げた自分の顔がある。もともと童顔な上、化粧も落とした後なので、なおさら頼りない顔だ。

どうすべきかはわかっている。それなのに、できない。

「〜〜〜あーっ、もうッ！」

ままならない自分を持て余し、桜子は唸り声をあげてパン、と両手で自分の顔を叩いた。

そもそもうじうじと考え続けるのは苦手なのだ。あまり深く物事を考えないのは楽天家の母に似たのだろう。だがこのあっけらかんとした性格のおかげで、幼少期においても学生時代においても、友人関係で困ったことはなかったように思う。

思えばこれまでの人生において、こんなふうに誰かのことについて考え耽ったことなどなかった。強いて挙げるなら、『ホリツイ』のキャラクターについて延々と妄想することがあったくらいだ。

こんなぐちゃぐちゃな思考のままでは、柳吾の顔をまともに見られる気がしなかった。

結果、桜子は柳吾から逃げるという選択肢を選んだ。これまでは帰宅するとまっすぐに柳吾の部屋へ行っていたのを、今日はできるだけ足音を立てずにこっそりとアパートの階段を上がり、そっと自分の部屋の中に滑り込んだのである。

とはいえ、柳吾はいつも通り桜子の分まで晩ご飯を作ってくれているだろうから、一度自室で落ち着いてから、改めて伺おうと思っていた。

自室に入り、まずは一日の汚れを洗い流してスッキリしよう。そして考えも纏めよう、とシャワーを浴びたのだが、残念ながら思考はループするばかりで一向に纏まりを見せない。

はあ、と溜息を吐いて、桜子はコックを捻ってシャワーを止めた。

そして、脱衣所に出たところで、桜子は更に懊悩した。

「こ、これは……!」

光沢のある赤色が目に痛い。シャワーを浴びるために適当に引っ掴んで持ってきた下着が、例の勝負パンツだったのだ。

就職活動中に、赤い勝負下着がいいと先輩から聞いて、文乃と一緒に買ったものだ。安いと効果(?)がないというから、銀座にまで行って、海外の某有名下着ブランドのお店で大枚をはたいたのは懐かしい思い出だ。

——そういえば、柳吾さんとの出会いのきっかけも、この勝負パンツだったな……。

なんともこっ恥ずかしい出会いである。

これにはお揃いのブラもあるのだが、オフ状態の今、ブラなんて窮屈なものを身に着ける気はなく、脱衣所に持ってきていたのはカップ付きキャミソールだ。上下合っていないどころの騒ぎではない。

そしてこのパンツ、両脇を紐で結ぶタイプの、いわゆる紐パンツである。

この、いつ何時紐が緩むかもしれないという危惧を孕んだ下着を身に着けるには、勝負でもなんでもないオフ状態の今では、少々気力に欠けている。だが他のパンツを取りに行くのも面倒だなと考え、仕方なくそれを身に着けることにした。

とりあえず、落ちないようにと紐をしっかりと結んだ後、モコモコの部屋着の袖に腕を通した時、玄関のインターホンの音が鳴った。

慌ててズボンも穿いて、濡れた髪対策に首にタオルを巻いた状態で玄関のドアを開ければ、そこにはむすっとした顔の女神――もとい、美丈夫の姿があった。

「りゅ、柳吾さ……」

「ドアスコープを確認せずにドアを開けたな？」

「えっ」

微妙な気持ちを抱えたままの桜子は、いきなりのご本人登場にいささか狼狽していたのだが、柳吾の方は相変わらずの通常運転。しかもお説教の気配である。

「玄関に誰か来たら、必ずドアスコープを確認してから開けなさい。年頃の娘の一人暮らしだというのに、君は本当に無防備すぎる！」

まったくもって柳吾の言うとおりだったので、桜子はしおしおと謝った。

「ご、ごめんなさい……」

素直な謝罪に溜飲《りゅういん》を下げたのか、柳吾はうむりと一つ頷くと、自分の着ていた上着を脱いで、桜子にばさりと被せた。

「風呂上がりに湯冷めしてはいけないからな。さあ、ご飯ができている。おいで。ちゃんと鍵を閉めるんだぞ」

その台詞だけで、桜子は柳吾が気づいていることを知った。

いつもはまっすぐに向かう柳吾の部屋を通り過ぎ、自宅でシャワーを浴びていたわけを。

――会うのを躊躇っているとわかっていて、迎えに来るなんて。

そうすれば、桜子が柳吾の手を取らざるを得ないことを知っているのだ。

――気まずくならないようにしてくれている。

柳吾のその優しさに、桜子は無性に泣き喚きたい衝動に駆られた。

――もう、私のことなんて放っておけばいいのに。

そこまで考えて、桜子はカッとなって思わず叫ぶ。

「卑屈か!!」

自分のネガティヴっぷりに盛大にツッコミを入れてしまった。

「ばかか私は！　そもそもそれをやられて一番困るのは私じゃんか!!」

柳吾から見捨てられるのが怖くて関係を変えたくないと思っているくせに、迎えにまで来て手を差し伸べてくれた柳吾に不満を抱くなど、矛盾しているにもほどがある。

大体、一つのことを延々と考え続けることに向いていないのだ。

桜子の信条は、腹が減っては戦ができぬ。

キッと顔を上げると、突然の奇声に唖然としている柳吾の顔があった。

「さ、桜子……?」

「行きましょう、柳吾さん！　今日のご飯はなんですか!?」

「お、おろしハンバーグと、米ナスの揚げ浸し……」

「最高か！　さあ行きますよ、柳吾さん！」

「あ、はい……」

桜子の勢いに圧されるようにメニューを答える柳吾にグッとサムズアップをすると、桜子はいそいそと靴を履いて玄関を出た。

家主よりも先に隣部屋のドアノブに手をかけたところで、ぐい、と肩を掴まれる。

振り返ればしょっぱい顔の柳吾がいた。

「鍵をかけなさい」

「………はい」

今し方注意されたばかりのことができない大人、大正桜子。

ダメな大人の見本である。


柳吾の部屋に入った途端、桜子はリビングのラグの上に座らせられた。

「ちょっと待っていなさい」

柳吾はそう言うとバスルームの方へ行き、ドライヤーを片手にすぐ戻ってきた。てっきりそれを手渡してくれるのかと思ったら、桜子の背後にあるソファに座る。もう片方の手にはブラシまで持っていた。

「えっ。自分で乾かしますよ？」

驚いて手を出す桜子を無視して、柳吾は何かのスプレーを髪に吹きかけ始めた。

「ちょ……これなんですか？」

いい匂いだったが、呼吸と一緒に霧状の液体を吸い込んでくしゃみが出そうだ。

「トリートメントミストだよ。ドライヤーの熱で髪を傷めないようにするものだ。……ということは、君は今まで一度もこの手のものを使ったことがないと……？」

「あはは……」

振り向かなくとも柳吾の渋い顔が想像できて、桜子は笑うしかない。

相変わらず自分の女子力は家出中だ。

そんな桜子に深々と溜息を吐いた柳吾は、濡れた髪を梳《と》かしながら呟いた。

「こんなにも美しいぬばたまの髪を、勿体ない。丁寧に扱えば、かぐや姫もかくや、だろうに」

「か……」

――かぐや姫？　ぬばたま？　ってなんだっけ……。

あまりに古めかしい表現に首を傾げたくなったが、よくよく考えれば口説き文句に聞こえなくもない。

――いやいや、そこは日本語が微妙に古代な柳吾さんだし、ないないない……。

髪を褒めているだけ、と内心で首を振っていると、柳吾がドライヤーのスイッチを入れたので、すべての音がかき消された。仕方なく、されるがままに髪を乾かしてもらうことにする。

ゴオォ、というドライヤーの騒音は、柳吾の大きな手で髪に触られる気持ち好さと一緒になれば、優しい子守歌に聞こえた。

あまりの心地よさに、桜子はうっとりと目を閉じてその感触を堪能する。

すっかり大人しくなった桜子に、柳吾が笑いながら何かを言ったが、風の音でまったく聞き取れなかった。

「え？　なんですか？」

「いや。本当に仔猫みたいだなと」

「え？　聞こえない！」

もう一度言い直してくれたがやはり聞こえず訊き直したが、今度はポン、と頭に手を置かれていなされる。大した内容ではなかったのだろう。

やがて髪がすっかり乾き切ると、柳吾はカチリとドライヤーのスイッチを切った。

「さて、ご飯にしよう」

言うまでもなく、柳吾のご飯は極上であった。

ふっくらとジューシーなおろしハンバーグは豆腐入りで、ヘルシーなのに満足感もある逸品。刻んだ大葉の香りが、ポン酢との相性抜群だった。

付け合わせのレンコンのサラダも、梅干しと昆布が絶妙な塩梅《あんばい》だ。砕いたカシューナッツも入っていて、レンコンのシャキシャキ感にナッツのコリコリ感もあり、歯ごたえが面白い。

米ナスは香り高いごま油でカラッと揚げた後、薄味のカツオ出汁の中でコトコト煮込まれていて、箸を入れるとスッと通り、口に入れればナスの甘さと出汁の旨味がとろりと溶け出した。山のように盛られた青ネギが良いアクセントになっている。

極めつきは茶わん蒸しだ。濃すぎず薄すぎず旨味たっぷりな味付けと、口に入れるとふるりと蕩《とろ》ける絶妙の硬さの卵液、これだけでも美味い。だが特筆すべきはその具である。底に近づくにつれ、卵液の味に少しずつ旨味と辛味が加わって、「な、なんだ!?　この味は!?」という歓びまじりの疑問が浮かび上がる。そして急ぎスプーンを底までつければ、隠れていたのはなんと、白飯のお伴、我らが明太子殿である。明太子だけが具という茶わん蒸しを、桜子は初めて食べたが、今までで一番美味しかった気がする。

「……どれも炊き立ての白飯にピッタリすぎて怖い。余裕でおかわりしてしまったじゃないですか……」

両手で顔を覆ってさめざめと言う桜子に、柳吾はにこにこと女神の微笑みで頷いた。

「今日もいい食べっぷりだったな」

「本日も大変おいしゅうございました……」

お腹を擦りながらうっとりと溜息を吐く桜子の前にトン、と小さなグラスが置かれた。

ブランデーグラスを小さくしたような形状で、コロンとしていて可愛らしい。

これは何？　と首を傾げていると、柳吾は軽く肩を竦めた。

「今日はデザートを用意できなくてね」

「えっ？」

ご飯を充分にいただいているというのに、デザートだなんて！　と口を開きかけた桜子は、柳吾が戸棚から取り出したものを見て目を丸くした。

オシャレな筆記体で書かれたラベルが貼られてある遮光瓶《しゃこうびん》だった。

「お酒？　ご飯食べちゃった後なのに？」

桜子の感覚では、酒は食前か食べながらいただくものだった。

桜子の質問に、柳吾は「うん」と頷いた。

「日本ではあまり馴染みがないかな。食後酒と言って、デザート代わりに甘い酒を嗜むんだけど……どうだい？」

「わぁ！　嬉しい！」

酒好きの桜子は、先ほどの遠慮などどこへやら、である。

喜色満面の様子に、柳吾はクスリと笑うと、慣れた手つきでオープナーを使って栓を抜く。そのまま片手で瓶を持ち、優雅な手つきで桜子のグラスに酒を注いでくれた。

トク、トク、と濃い琥珀色の液体が注がれていく様をわくわくしながら見守っていると、ふわりと芳醇な香りが鼻腔をくすぐった。

「ブランデー？　ですか？」

「そう。これはカルヴァドスと言って、リンゴのブランデーなんだよ」

「へえ！」

柳吾の持っていた瓶を見せてもらうと、瓶の括れた部分に付いていたラベルにライオンっぽいマークが描かれていた。その上の筆記体の文字を読もうと、眉間に皺を寄せる。

「クー……ド？　フランス語……？　あ、ヴィンテージって書いてある」

そこは読めた。

「クールドリヨン――『獅子《しし》の心』という意味だ。カルヴァドスを作っている会社だよ」

「なんだか、高そうですね……」

尻込みした桜子に、柳吾がふは、と笑い声を上げた。

「そうでもないよ。わりと普及品も作っているところだ。でも仮に高級品だとしても、大丈夫。これは頂きものだからね」

「あ、そうなんですね」

貧乏アパートに住む者同士、これ以上金銭的に柳吾に迷惑をかけたくなかったのだが、頂きものならばありがたくごちそうになれる。

我ながらゲンキンなものだ、と思っていると、同じことを思ったらしい柳吾がクックッと肩を揺らしていた。

グラスを掲げ合ってから、口を付ける。口に含んだ途端、ふわりと花のような芳香が広がった。次いでとろりと熟れた果実の甘さが舌を撫でて、濃厚な酒精が粘膜を焼く。

「う、わ――！」

ゴクリ、と飲み込んで、桜子は感嘆の声を上げた。美味い。

酒はなんでも好むが、どちらかというとビール派の桜子にとって、ブランデーは少々手が出しづらい酒だった。アルコール度数が高いこともそうだが、味が濃厚すぎるのが、苦手である一番の理由だ。ストレートでは楽しめないお酒、というイメージだった。

だがこれは違った。濃厚で芳醇なのに、サラリとしている。柔らかいと表現すればいいのだろうか。度数が高いのにスルスルと喉を通り、いくらでも飲めそうだった。

「甘い！　でも、カクテルみたいな甘さじゃないですね」

「カクテルの甘さは糖分である場合が多いからね。カルヴァドスは熟成されたアルコールの甘さなんだ。あとは、香りが甘いんだよ。鼻に抜ける香りが、リンゴだろう？」

柳吾の説明を聞き、桜子はもう一口含んで、目を閉じる。

ふ、と鼻から小さく息を吐き、パッと目を開いた。

「――ああ、本当だ！　リンゴだ！　すごい！　美味しいです、柳吾さん！」

美味しい酒に出会うとテンションが上がるのは、酒好きの特徴だろうか。

目をキラキラさせながら喜ぶ桜子を、柳吾は端整な美貌に優しい微笑を滲《にじ》ませて見守っていた。

＊＊＊

最初は、お腹を空かせたノラ猫を見てしまった時のような庇護欲だった。

警戒心丸出しで毛を逆立てながらこちらの様子を窺っている姿は、人に懐かないノラ猫そのものだと思った。

自宅前で、しかも夜半に見知らぬ男に声をかけられたのだから、彼女の警戒心は状況的に正しかったと言えよう。

だが、どうしてだろうか。

柳吾は目の前のノラ猫を、撫でたくなってしまったのだ。

仕事帰りの彼女は、ハードな一日だったのか髪は乱れ、化粧もほとんど剝げてしまっていて、おおよそ健やかとは言いにくい雰囲気だった。

疲れのせいだろう、少々童顔で愛らしい雰囲気の造作なのに、大きな目の下には不似合いな隈がうっすらと浮いていた。

――可哀想に。

心に浮かんだのは、そんな不遜な憐憫《れんびん》だった。

今思うと、彼女が聞けば憤慨しそうな感想だ。

彼女は少女のような姿をしていながら、己の仕事に対して責任と誇りを持つ自立した大人の女性だ。一日の仕事をまっとうして帰宅する自分を『勇者の凱旋だ』と冗談交じりに例えていたこともある。誇りを持って責任をまっとうした勇者に、「可哀想に」などと言う愚か者はいないだろう。

今なら決して「可哀想」なんてことは思わないだろうが、あの時は彼女が「疲れ切って蹲《うずくま》る仔猫」に見えてしまったのだ。

だから、彼女の胃が空腹を訴えて盛大に鳴き声を上げた時、つい食事に誘ってしまった。

——飢えているなら、食べさせてやろう。

満腹にして、疲れた心と身体を満たしてやればいい。

しかし、誘った直後にハッとなった。

柳吾は進んで他人の面倒を見るタイプではない。むしろどちらかといえば面倒事を嫌う方だ。自分の時間と空間を大切にしているので、他人との関わりは最小限に留めている。

——なのになぜ自分は食事に誘ってしまったのか。

だがそもそも初対面の男性に食事に誘われたところで、この警戒心の強い（そのわりに真っ赤な紐パンティをベランダに干すような迂闊なところもあるが）女性が誘いに乗るはずもなかろう。

そう思い直し、自らの提案を取り消そうとした時、彼女は目を輝かせて言った。

『ご相伴に与ります！』と。

——やはり真っ赤なパンティをベランダに干すだけのことはある。

この迂闊なノラ猫を野放しにしてはならない——そんな使命感を抱いた瞬間であった。

一度世話を焼いてしまえば、あとはなし崩しだ。

夕食を共にするようになってすぐ、彼女はこちらに対する警戒心を解き、驚くほどあっさりと懐いた。『餌付け』という言葉が頭に浮かんだのは致し方ないと思う。

懐いてからは我が家のようにこの部屋で寛ぐようになり、柳吾のこしらえた夕食を『美味しい美味しい』と言いながらたいらげていく彼女の様子は、さながら撫でられて腹を見せる仔猫のようだった。

警戒心など欠片も見受けられない。

柳吾の予想通り、彼女は迂闊が服を着て歩いているかのような存在だった。

柳吾が与えなければ平気でジャンクフードを食べるし、ひどい時は面倒くさいという理由で食事を抜いた。帰宅後の手洗いとうがいも忘れるし、部屋の鍵もよくかけ忘れる。まだ寒い季節だというのに、『寒いのは廊下に出る時だけだから』と自室にいた時の薄着でこちらの部屋にやって来たりする。

そのたびに柳吾は母親のように説教をし、行動を改めさせることとなった。

彼女は柳吾のことを『説教マン』などと悪し様に言うくせに、毎回なんとも嬉しそうな顔でその小言を聞く。ふくれっ面を見せることもあるが、そんな時だって、構ってもらって嬉しいと長い尻尾がゆらゆらと揺れる幻覚が見えるようだった。

——良い家庭に育ったのだな。

人の助言を素直に聞き入れられる人間は、愛されて育った者が多い、というのは柳吾の持論に過ぎないが、彼女の実直さからはそれを窺い知ることができた。性根が清々しいまでにまっすぐで、物事の善悪をしっかり判断できる倫理観を持っている。

彼女の帰宅を楽しみにするようになったのは、いつ頃からだったろうか。

振り返ってみれば、出会ってすぐのことだったように思う。

笑ったり怒ったり、くるくると表情を変える彼女は、見ていて飽きなかった。『困ったものだ』などと言って呆れてみせながら、実は世話を焼くのが楽しかった。

――人との触れ合いに飢えていたのだろうか。

柳吾は自嘲交じりに、そう自分を分析してみる。

孤独を欲してここに来たはずだった。誰に見られることも、誰に追われることもなく、静寂の中で、自らを見つめ直すために。母の故郷であり憧れだった日本を選んだ。

日本は好きだった。アメリカで日本語教師をしている母の教育により日本語の読み書きに不自由はなく、幼い頃から母の蔵書を読み漁っていた。

『源氏物語』、『今昔物語』、『南総里見八犬伝』に『たけくらべ』『吾輩は猫である』――過去の有名な作品を読むにつれ、日本への憧れは強くなった。

その日本を訪れてみて、正直に言えば、最初は落胆した。到着した首都には、柳吾の憧れた古き良き『日本』の姿はなく、近代的な『都会』がそびえ立っていたからだ。

それでもこの地に留まったのは、そもそもの目的が、自分の中の日本への憧憬《しょうけい》を求めることではなく、己を振り返る時間と場所を確保することだったからだ。

それに、あくせくと働くことだけに時間を費やす都会の真ん中で、時が止まったように静かな古いアパートを、柳吾は非常に気に入った。四季折々の自然をゆったりと眺めることができるこの場所に、自分の求める静寂と安らぎがあると思ったからだ。

こうして住みついたこの古いアパートで、静かに淡々とした時間を過ごしていくはずだった。

そこに現れた、仔猫のような隣人。

小さく頼りなげで、危なっかしいことばかりしている。それなのに働くことには驚くほどに真摯で、いち社会人として立派にこの大都会を闊歩《かっぽ》していた。

仕事に対し『大変だ、疲れた』と言いながらもその表情は明るく、柳吾の部屋で寛ぐ姿もまた楽しそうで、働くことも休むことも、同じくらい好きなのだと見て取れる。

そしてどんなに疲れていても、ご飯を食べればすぐに元気を取り戻すその回復力は、萎《しお》れていても水を遣ればすぐにシャンとする、瑞々しい若木のようだ。

生命力そのものだ、と思った。

生きることとは、こういうことなのかもしれない。

そんなふうに思わせる煌《きら》めきが、彼女にはあった。

自分にはないその生命力に惹かれたのは確かだ。目が離せなくて、なんやかやと世話を焼く内に、やがて彼女の義理堅さに目が行くようになった。

彼女は、受けた親切をなんらかの形で必ず返そうとするのだ。

夕食のお礼にと、時には肩を揉むと言ったり、時には良いワインを買ってきたり。

これはこちらの自己満足でやっているのだからと言っても、『気持ちですから！』と笑うばかりだ。

振り返ってみれば、彼女の方からこちらを頼ってきたことは一度もなかった。いつだって柳吾が見かねて手を出していただけだ。

決して自分から頼ろうとしない姿勢は、天真爛漫に見える彼女には、どこか似つかわしくない頑なさに思えた。

それが、『頼ろうとしない』のではなく、『頼り方を知らない』のだと気づいたのは、彼女が熱を出したことがきっかけだった。

発熱によって思考が緩んでしまっていたのだろう。柳吾の袖を摑んで『いっちゃうの……？』と訊ねてきた、いつもよりも不安げで頼りなげな顔。自分の中の庇護欲をかきたてられると同時に、これが彼女の本当の顔なのだと思った。きっと熱で朦朧《もうろう》としていなければ、見せることがなかっただろう顔。

加えて、冷蔵庫の中にあった誕生日ケーキだ。

一緒に過ごしていながら、なぜ柳吾に誕生日を伝えなかったのか。

その疑問が解けたのは、彼女が酔っ払って帰ってきた日のことだった。

彼女が漏らした『両親が他界している』という事情。唯一の肉親である祖母は認知症で、もう彼女のこともわからないのだと笑って言った。

――今どんな顔で笑っているか、君はわかっているのだろうか。

あの時そう思った。あんなにも寂しげに笑う人を、柳吾は知らなかった。

幼い頃の自分を知ってくれている肉親が、もう一人もいないということ。よすがのない彼女の寂寥《せきりょう》と孤独を想像すれば、胸が潰れそうだった。

きっと熱を出したり、泥酔したりしていなければ、決して漏らすことはなかったのだろう。彼女は毎日を笑って懸命に生きることで、その弱みを誰からも隠してきたのだから。

――甘えてくれればいいのに。

手を伸ばしてくれればいい。そうしたら、抱き上げて、いくらでも甘やかしてやるのに。

不器用で意地っ張りな彼女を、子どものように抱き上げてやりたい衝動に駆られた。

けれどその時はまだ、渦を巻くほど勢いよく胸に湧き起こるその感情を、おそらく同情とか、憐憫なのだと思っていた。柳吾は彼女を自分の懐に入れてしまっている自覚があった。だから酔っていたにしろ、やっと彼女が甘えようとしているのだから、自分はそれを受け止めてやりたいのだと。

だが、彼女が初めて自分の前でぽろぽろと涙を流した時、そうではなかったのだと気がついた。

彼女が自分の前で泣いたという事実を、どうしようもなく喜んでいる自分がいたのだ。

――決して弱みを見せたがらない桜子が、僕の前で泣いた。

彼女が自分を信頼し、頼っているのだという証をもらった気分だった。

――他の誰も、こんな桜子を知らないに違いない。僕だけが、泣く桜子をこの腕に抱けるんだ。

彼女が頼るのも、甘えるのも、泣き顔を見せるのも、自分だけでいい。

そう思ったところで、愕然とした。本来なら、肉親を喪って嘆く彼女を、痛ましいと思わなくてはならないのに。

――そうか。僕は、桜子を独占したいのか。

世話を焼きたい。頼られたい。甘やかしたい。甘えさせたい。守りたい。自分だけのものにしたい。なんと愚かな独占欲か。しかしこの気持ちの名を知っている。

――僕は、桜子に恋をしているのか。

恋をしているのだと自覚してしまえば、それらの感情が、なんとすんなり肚《はら》に落ちることか。

――この、眩いくせに、寂しく、哀しい、愛しい生き物を、どうやったら手に入れられるだろう？

庇護欲は、当たり前のように形を変えた。

そもそも彼女には庇護など必要なかった。本来ならば柳吾にだって弱みを見せるつもりがなかったのは、その狼狽した様子から見て取れた。

彼女は柳吾の庇護などなくとも、痛みも苦しみも笑顔の下に隠すことで、自由に、しなやかに生きていけるのだ。

気ままで気高い、あの美しく愛らしいノラ猫のように。

――どうしたら、傍に置いておける？

無理やり縛り付ければ、きっとあっという間に逃げ出してしまうだろう。

――ならば、彼女にとって居心地の良い場所を与え続ければいい。

のびやかな彼女は、欲望に忠実だ。

お腹が空いたら不機嫌になり、眠くなったらどこででもウトウトと眠ってしまう。

――美味い食事を与え、温かく心地の良い寝床を用意してやればいい。

これまで通りの立ち位置を守り、怯えさせないように、慎重に。

人間の三大欲求である「食欲」を満たし、「睡眠欲」を満たす。

そして、もう一つ。

残る欲求は、「性欲」だ。

――快楽も、この手で与えよう。

君の脚を折ったりしない。その小さな牙を抜くことだってしない。

だから、逃げなくていいんだ。

――満たしてあげよう、すべてを。

君のために作るのは、極上の檻《おり》。

温かくして、お腹いっぱいにさせて、気持ち好いところを存分に撫でてやろう。

ドロドロに甘やかしてあげるから、その柔らかな腹を見せて眠ればいい。

そうして永遠にだって抱いていてあげよう。

この腕の中に。

＊＊＊

温められたハチミツの中を揺蕩《たゆた》っている。

そんな、甘ったるく、生ぬるく、気怠い感覚だった。

曖昧で重たい思考の中で、桜子は「甘い」と唐突に感じた。

「んっ……」

次いで、音が聞こえた。自分の声だ。

鼻にかかった自分の喘ぎ声が、鼓膜を震わせて脳に到達する。

――喘ぎ、声？

自分はなぜこんないやらしい声を出しているのだろう。

自分の声帯がこんな声色を出せると知ったのは、ごく最近。

柳吾に触れられた時だ。

自分に触れる彼の指も、舌も、すべてが気持ちよかったのは、まだ記憶に鮮明に残っている。

柳吾はまるで悪い魔法使いみたいだった。

その指先で、舌で、桜子の身体に甘い毒を流し込む。

毒は皮膚や粘膜の下に張り巡らされた血管を通って、桜子の身体中に愉悦の火を灯していくのだ。

こんなふうに羞恥心をどこかに忘れてきて、ただひたすら快感を追ってしまうような圧倒的な快楽を、桜子は初めて知った。快楽と同時に与えられる、暴力的なまでの多幸感も。

「……っ、ふっ……」

舌を絡まされ、先ほど自分が「甘い」と感じたものが誰かの舌だとようやく気づいた。

口の中を丹念に舐められている。自分の体温より高い熱い粘膜が、奥へと逃げようとする桜子の舌を、優しく扱《しご》いて宥める。

くちゅり、と唾液が音を立てた。

赤子をあやすような動きにむっとする一方で、それにたやすく安堵を覚えてしまう自分に、桜子は呆れた。存外自分もカンタンな女である。

だが言い訳をさせてもらえば、相手がこちらのことをわかりすぎているのだ。どこをどう触れれば桜子が快感を得るのか、そして快感が過ぎると怯えが生じる桜子の、限界点までをも把握している。ほんの少しでも怯えを見せれば、すかさず宥め、安堵させることで、限界点を少しずつ上げていこうとしている。

『ここまで大丈夫だったね。それならあと一歩』

頭を撫でられ、手を引かれて歩くヨチヨチ歩きの子どもにするかのように。

普段であればそんな子ども扱いには、怒りを感じるところだ。こう見えて、プライドはそれなりに高い。良くも悪くも。

それなのにこの手には、どうしてか反発心をまったく感じない。それどころか、口を尖らせて拗ねているふりをして、もっと撫でてと擦り寄りたくなってしまう。

――だって仕方ないもん。相手が……。

桜子は、この手を知っている。このキスを、知っている。

知ってしまったのだから、もう、無理なのだ。

半ば開き直るように思った時、それを窘めるように、胸の先を摘ままれる。

「んっ、ふっ」

キスの最中だったので、唐突な快感に跳ねた声は、相手の口の中に消えた。

「ん、ふぁ、や、ぅ、ん～ッ……」

両方の尖りをいっぺんに弄られると、快感が強すぎて、なのにもどかしくて身を捩りたくなる。堪らず声を上げようとするのに、絡みつく舌がそれを許してくれない。逃げる桜子の舌を追い、辛抱強く撫でて宥め、桜子が大人しく愛撫を受け止めるまで待っている。

その間も胸の先を苛《さいな》む指の動きは止まらない。

段階を踏み、徐々に強くされていく刺激に、桜子の身体が慣れるのを見定めては、次の新しい刺激を加えていくのだ。

キスは深くなって、際限なく甘くなって、脳髄までどろどろに溶かされてしまいそうだ。

なんてことだ、と桜子は生理的な涙を流しながら思う。

世の恋人たちが、キスをする理由がわかった。

こんなにも気持ち好く、相手と繋がっていることを実感できるのだから。

――キスって、お互いの気持ちを確かめ合うために、するんだ……。

柳吾の気持ちが、キスを通して伝わってくる気がする。

『本当に？』

そこでふと、心の中に冷たい声が響く。

『本当に？　彼はあんたを好きって言った？』

ぎくり、と身が竦む。桜子の身の強張《こわば》りを、柳吾はすぐに察知したようだった。

唇が離され、閉じた瞼にキスが落とされる。大きく息を吸い込んで、胸が震えた。自分のものではない、肌の匂い。彼の匂いだ。

「桜子」

低く艶やかな声。鼓膜を柔らかく震わせるその音質に、桜子はそっと瞼を開いた。

目が捉えたのは、見知らぬ天井。だがきっとここは柳吾の寝室だ。どうやら彼のベッドの上らしい。

目を瞬いて、次に視界に入ってきたのは、思ったとおりの人だった。

男らしいのに上品な、端整な美貌。形の良いアーモンド型の目の中にある茶色の瞳は、桜子たち純粋な日本人と違って、とても透き通った色だ。きれいだなぁと思っていると、その目がわずかに眇められ、心配そうな色がのった。

「どうした？　僕の部屋だよ。少し酔ったみたいだからこっちに連れてきたんだ」

こちらを優しく窺う表情に、不安が霧散《むさん》する。

どうしようもなく安堵して、桜子は小さな声で呼んだ。

「りゅうごさん」

――そう、柳吾さんだから。

柳吾だから、触れられて、嬉しい。柳吾の手だから、未知の快楽でも、怖くない。

掠れ声の呟きでも、柳吾の耳はちゃんと拾ってくれていたようで、名を呼ばれた途端、端整な顔がふわりと綻んだ。

大きな手が包み込むように桜子の頬を覆い、猫にするみたいに、親指でくすぐられる。

「うん？」

優しく先を促す声に、竦んだ心が緩んだ。

「可愛いな、桜子。君があんまり可愛いから、つい、触れてしまった」

柳吾の声はどこまでも甘くて、優しい。

――ああ、私も、柳吾さんに触れたい。

舌で、肌で、耳で、鼻で、目で――五感のすべてで、彼を求めている。

――この感覚を、どうして否定しなくちゃいけないの？

本能に突き動かされるようにして、桜子は柳吾に腕を伸ばした。

「柳吾、さん」

彼の鎖骨に顔を埋めるようにして抱き着いた。

彼のパジャマがはだけていて、逞しい胸の筋肉が露《あらわ》になっている。

ふと自分を見れば、いつの間に脱がされたのか、モコモコの部屋着もカップ付きのキャミソールも纏っていない。

もっと触れ合いたい。もっと傍に行きたい。だからもっと密着できるように、更に身体を摺り寄せる。柳吾の硬い胸板に、自分の胸が圧し潰された。柳吾の肌は熱く、先ほどまで弄られて敏感になってしまっていた胸の尖りが、やけに生々しく彼との温度差を拾う。柳吾は一瞬息を呑んだが、桜子の腰に腕を回して抱き締め返してくれた。

それだけで、胸がきゅんと音を立てる。

堪らず、柳吾の首に回した腕に、ぎゅっと力が入った。

「甘えん坊だな、桜子」

当たり前のように囁かれた言葉に、桜子は目を瞬く。

「……甘えて、いいの？」

甘えてはいけないのだと思っていた。

親でも家族でもない、柳吾は他人で、頼ってはいけないのだと。

誰かに甘える。その行為に罪悪感を抱くようになったのは、いつからだったろうか。

子どもの頃には当たり前だった。親に甘え、周囲に甘え、そうすることで生きているようなものだった。

それが当たり前じゃないと気づかされたのは、両親が亡くなった時だった。

その時既に高校三年生になっていたのは、不幸中の幸いだろうか。自立できる年齢だったのだから。桜子の家族は、両親と桜子、そして父方の祖母の四人家族だった。父は小さな工務店に勤める職人で、母はパートとしてスーパーで働いていた。裕福ではなかったけれど、仲の良い家族だったと思う。

大雑把で能天気な両親と優しい祖母。大人三人から猫可愛がりされて育った桜子は、幸せな子ども時代を送った。父は中卒で働き出した自分の経験から、ことあるごとに勉強の大切さを娘に説いた。

『桜子。人が生きていくのは、大変だ。お父さんたちが生きてる間は、お前のためならなんだってするけど。でも、親は子よりもどうしたって先に死んでしまう。それにお前は一人っ子で、兄弟に頼ることもできない。お父さんが死んだ後でも、逞しく生きていけるように、しっかり勉強して大学まで行きなさい。ちゃんと卒業して、学をつけるんだ。それで、女一人でも生活していけるような仕事に就くんだぞ』

まだ小さな桜子を膝にのせながら、毎日のように繰り返される話を、桜子は『わかった』と笑いながら聞き流していたものだ。当然だろう。まだ十歳にも満たない子どもに、どうして世の中の厳しさなど理解できようか。

だが、父の言うことは正しかった。

両親が亡くなってから、桜子は自分が家族以外の人間にとって、どれほど価値がない存在であるかを痛感させられた。価値がないどころではない。厄介者だった。

自分と祖母を仕方なく引き取ってくれた叔父夫婦は、悪い人たちでは決してなかった。

仕方なくとはいえ、姪と血の繋がらない祖母を引き取ってくれたのだから。

だが彼らにも子どもが二人いて、県外の大学に通う子どもたちへ仕送りをしなくてはいけない。自分の子でもない娘を養う余裕などなかったし、まして血の繋がりのない認知症の老人の世話をすることも、彼らにとって想定外のことだったに違いない。

不幸が重なっただけのこと。誰も悪くない。仕方のないことだ。

それでも、それまで家族に存分に甘やかされて愛されて育った桜子は、その状況を苦しく、悲しく感じた。気を抜くと、この世界に一人ぼっちでいるような孤独感に苛まれてしまい、そのたびにそうではないのだと、何度も自分を奮い立たせた。

──立たなくちゃ。自分の足で。

自分の足で立っていれば、迷惑をかけなければ、厄介者ではないんだから。

──甘えるな。私は自分でできるんだから。

自分よりも辛い目にあっている人はたくさんいて、皆それでも頑張って生きている。わかっているからこそ、桜子は誰かに甘えることの罪深さに怯えるのだ。

──それなのに。

桜子は、目の前で微笑む柳吾の顔を凝視する。

柳吾は、桜子の人生に唐突に現れた。

初対面からお説教をされて、けれどお腹を空かせた桜子に「おいで」と手を差し伸べてくれた。

その手を取ったのは、どうしてだろう。

柳吾は、桜子に与え続けた。桜子は、それを享受し続けた。

けれど心の底ではずっと、これではいけないと思っていたのだ。

『甘えてもいいのか』という桜子の問いに、柳吾は目を丸くして、それから、ふ、と吐息交じりに笑った。

「今更だろう」

今度は桜子が目を丸くする番だった。

「……いいの？」

もう一度問えば、柳吾はふわりと破顔《はがん》する。

その笑顔があまりに優しくて、桜子の心臓が大きく高鳴った。

もともと美しい男性だが、こんなふうに笑われると、本当に女神のようだ。

柳吾は微笑んだまま、コツリと額を合わせてきた。

「いいよ。君をまるごと甘やかしてあげるから」

そこで言葉を切って、柳吾が桜子の目を覗き込む。べっこう飴みたいだと思った透明な瞳が、一瞬、溶けたキャラメルのように、とろりと濁《にご》って見えた。

「君の不安も、喜びも、涙も、微笑みも、全部僕に寄越しなさい」

囁き声での甘すぎる誘惑に、どうして逆らえるだろう?

桜子は寄せられる唇に目を閉じて、「はい」と小さく頷いた。

柳吾は従順な返事に満足そうに目尻を下げると、ご褒美というように唇を啄む。

柔らかく優しく口の中を舐められて、桜子はうっとりと目を閉じた。

柳吾の言葉は、まるで魔法のように、桜子の葛藤を消してくれた。

甘えて、甘やかされて、すべてを委ねてしまえばいい。

「可愛い、桜子」

「っぁ」

ちゅ、と耳に口づけられて、はしたなく声を上げる。

「耳が弱いな」

くつり、と柳吾が喉を鳴らすのをごく間近で聞いて、またぞくりと快感が走った。

「項《うなじ》も」

「んっ」

骨ばった指が、触れるか触れないかの距離で桜子の項を辿った。すっかり敏感になってしまっている桜子の肌は、わずかな接触を過剰なまでに拾ってしまう。

「鎖骨も」

降りてきた手が翻《ひるがえ》り、指の背で鎖骨をなぞられる。

「っ……ぁ、っ」

ビクビク、と震え、桜子の華奢な身体が緩く弓なりになる。

ふるり、と小さな二つの乳房が、柳吾の目の前に突き出された。

まるで差し出されたかのようなそのまろやかな肉を、柳吾の両手が恭《うやうや》しく持ち上げ、やわやわと揉みしだく。彼の指の間からは存在を主張する赤い尖りが顔を出していて、揉まれるたびに揺れる光景は、ひどくいやらしく見えた。

柳吾はその感触を楽しむように揉んでから、おもむろにその尖りに顔を寄せる。

「――あっ」

口に含む瞬間、柳吾が上目遣いに桜子を見た。

「乳首も」

開けた口の中から赤い舌が見えて、腹の底が熱くなった。

れろ、と尖りを圧し潰すようにひと舐めされて、軽く歯を当てられる。

「っ」

わずかな痛みは、歓びでしかなかった。

息を呑んでその刺激に耐えていると、熱い口の中で上下左右に嬲《なぶ》られる。

「っ、……ぁ、っ、はあっ、は、ぁ」

執拗に胸を弄られて、じんじんとした熱が身体の中に溜まっていった。けれど、その熱の放出先がわからずに、桜子は身悶えする。柳吾は両方の胸を同じように丹念に可愛がると、気が済んだのか、ようやく乳首から唇を離した。

「は、あ……りゅ、ご……さん」

桜子が顔を真っ赤にして浅い息を吐いていると、こちらを見つめる柳吾と目が合った。彼の息も少し上がっている。

「は……可愛い、桜子……」

熱い吐息交じりの声は色っぽい。男性にそんな形容詞が合うなんて、本や漫画の中だけだと思っていた。上気した頬、しっとりと汗ばんで薄暗い照明に光る肌、普段理知的な瞳は熱情で潤み、その奥に情欲が陽炎のように揺らめいている。

柳吾から醸し出される男の色気に、眩暈がしそうだ。

「りゅ……んぅ」

柳吾の名を呼びたいのに、性急に唇を求められて叶わない。

柳吾は白い乳房を摑んでいた手を桜子のウエストへと持っていく。

「ん」

柳吾の手はするりとルームウェアの内側へ入り込み、柔らかな尻の肉を丸くひと撫でする。それだけで、またふるりと震えが起こった。閉じた瞼の内側が熱くなり、涙で潤む。どきどきと心臓が早鐘を打つ。

次の動きを全神経で窺っていると、柳吾の手はルームウェアのウエストのゴムを指に引っ掛け、ずるりと引きずりおろした。

「んぁっ」

同時に口内から舌を引き抜かれ、柳吾が上体を起こす気配がする。

「――ッ！」

直前まで口腔内を蹂躙されていた桜子は、酸欠気味の脳に酸素を送り込むように浅い息を繰り返していて、柳吾の息を呑む音を聞き逃した。

ようやく呼吸が落ち着いて瞼を開けば、自分の上に覆い被さっている柳吾が、顔を赤くして凍り付いているのが見えた。

「……りゅ、ご、さん……？」

柳吾は沈黙を保ったまま桜子の下半身を凝視している。

何をそんなに見ているのだろう、と桜子は柳吾の視線の先に目をやって、中途半端に脱がされたルームウェアの隙間から覗く赤色に気がついた。

――ああ、そういえば、あの勝負パンツを穿いてたんだっけ。

穿いた時には勝負するつもりなど微塵もなかったのに、現在決戦真っ只中という事態。

「――っ、わざと、なのか……!?」

なんとなく自身のパンツに思いを馳《は》せていた桜子は、柳吾の低い唸り声で我に返った。

「え？」

瞬きをして唸り声の主を見上げれば、柳吾は赤い顔はそのままに、まるで親の仇でも見るかのような目つきで桜子のパンツを睨めつけている。ややあってその視線をぎらりとこちらへ移動させた。思わず固唾を呑んだ桜子に、柳吾は緩く首を傾げる。

「わざとかい、桜子」

再び問われ、桜子はオドオドと尋ね返した。

「わ、わざと？　って、なにが？」

「この、真っ赤な下着だ」

「ええ？」

どうやら今身に着けている勝負パンツのことについて言っているようだが、何が言いたいのか。眉を下げて狼狽する桜子に、柳吾はふっと吐息で笑った。

笑っているのに、この迫力はなんなのだろうか。

――目が、据わっている……。

そういえば、以前隣のベランダに紛れ込んだこのパンツを持ってきてくれた時に『妙齢の女性が身に着けるには、いささか問題がありはしないかと思う』などと言っていたことを思い出した桜子は、小さな声で訊いた。

「あ、赤、やっぱりお嫌いでした……？」

下着の趣味が合わないなんてことくらい、違う人間なのだからあって当然のことだ。

それでも柳吾に『趣味が悪い』と思われると悲しい。しょんぼりしかけた時、くつくつと低い笑い声が聞こえた。

「ふ、ふふ……嫌いか、だって……？」

柳吾が目を据わらせたまま、肩を小刻みに震わせて笑っていた。怖い。

「赤い……眩しいほどの赤……カーマインレッドに、白い肌……」

ぶつぶつと低い声で何かを呟いている。

露になっている太腿を、緩慢な動きでするりと撫でられる。その指がくい、と曲げられ、脇で結ばれた紐に絡んだ。

「りゅ、りゅうごさん……？」

「あざとい！　あざとすぎる！」

カッと両目を見開いて叫んだかと思うと、柳吾は桜子の両足を摑んで持ち上げ、膝のあたりに引っ掛かっていたルームウェアのパンツをすぽんと取り去った。

それから桜子の両膝を立たせて、大きく開脚させる。いわゆるM字開脚という体勢だ。

「ちょ、待って、これ、恥ずかし……」

「……美しいな」

「えっ」

桜子は唐突な柳吾の行動に目を白黒させる。そういう行為の最中である自覚はあるので、脱がされることに今更否やはないのだが、彼の言動が突飛すぎる。

やや茫然と仰向けに転がる赤パンツ一丁の桜子を炯々《けいけい》たる眼光で見下ろす柳吾は、普段の女神様のような清涼感はどこへやら。今まさに魔物を払わんとするエクソシストのごとき迫力である。

「桜子」

「は、はい」

「僕は、この洋紅色が嫌いだった」

「えっ……と？」

聞き慣れない音に目を瞬いたが、ようこうしょく——洋紅色、つまり、このパンツの色であろう。

——女神は吾輩の勝負パンツの色がお気に召さない……。

「そ、それは、たいそう申し訳ございません……」

さんざん触られて、パンツ一枚に剝かれてM字開脚をさせられた挙げ句このオチか、と脱力してしまう。だが脱力どころか、よくよく考えれば無礼千万、腹が立ってもおかしくない状況だ。

——な、なんかデジャヴ……？

そういえば出会いも確かこんな感じだった。疲労困憊で帰宅したところ、風で隣のベランダに迷い込んだ勝負パンツについて説教を食らったのだ。

思い返せば思い返すほどアンポンタンな記憶だ。

しかしあの頃のように腹が立ったりしないのは、やはり柳吾の人柄を知ってしまったからだろう。

説教マンだけど、世話焼きで、あったかくて、隣のダメ娘を放っておけないお人好し。

――懐に入れてしまった人間には、とことん甘くて優しいなんて、そんなの……。

不意に、ぶわ、と胸から全身へとさざ波のような慄きが広がった。

――うわ。

ダメだ、と桜子は目を閉じる。ダメだ。もう完全に自覚してしまった。

家族みたいに世話を焼かれて、頭を撫でられて、甘やかされて。

好きにならないなんて、その方がおかしいのだ。

――私、柳吾さんが、好きだ。

恋に落ちた。落ちてしまった。いや、とっくに落ちていたと言うべきか。

今更のようにカァッと頬を染める桜子に、柳吾はわずかに目を細めて首を振る。

「謝る必要などない。僕は『嫌いだった』と言ったんだ」

恋を自覚したばかりの桜子は、彼が何を言っているか一瞬理解できなかったが、すぐに直前の会話を思い出した。パンツの色がお気に召さないと言った柳吾に、桜子が（よくわからないが）謝罪した件だろう。

「……えっと？」

だがそれがわかったとしても、柳吾の言動は不可解だ。

――なんでこんな回りくどい上にわかりにくい人を、好きになっちゃったんだろ……。

などと頭の片隅で考えながら、桜子は恋しい男を改めて見上げる。

柳吾はゆらりと美しい顔を傾げた。それから長い睫毛を伏せて視線を落とすと、桜子が唯一身に着けている緋色の絹に、つ、と指を這わせる。その感触に、ビクリと腹に力が籠った。布の上とはいえ、恥丘にほど近い部分だ。そんな危うい場所に触れられて、桜子は息を呑む。

柳吾は桜子の緊張に気づいているのか、ふ、と口元に笑みを浮かべて言葉を続けた。

「この鮮やかな赤は眩《まばゆ》すぎて、他の色を圧倒してしまう。だから嫌いだったんだ。だが――」

すり、と柳吾の指が、下着を柔らかく擦る。

「――ッ！」

桜子は息を止めて、下腹部を引き攣らせた。柳吾が擦ったのは、ちょうど陰核の上。最も敏感な場所を弄られて、反応せずにはいられなかった。

「君のこの象牙色の肌に、この赤は驚くほど映える」

「～アッ、……ぁ、ん！」

指の腹を使い、柳吾が緋色の絹の上で円を描く。強すぎず、弱すぎず、絶妙な力加減で何度も擦られて、仔猫のような鳴き声が漏れる。

気持ちいいのにもどかしくて身をくねらせる桜子に、柳吾が忍び笑いを漏らす。

「こら。大人しくしておいで」

甘やかすようなその声音に、いつの間にかぎゅっと閉じていた目を開けて、仰天した。柳吾が自分の脚の間に顔を埋めようとしていたからだ。

「……っ!? やっ、柳吾さん、そんなとこ……！」

驚きすぎてひっくり返った声で制止したのに、柳吾はお構いなしだった。

動こうとする桜子の両膝を大きな手で押さえ込むと、おもむろにその場所へと顔を寄せる。太腿に柔らかい髪の感触がする。誰かの髪をそんな場所に感じたことなど初めてだ。

ヒュッと息を吸い込む桜子の耳に、うっとりとした溜息が聞こえてきた。

「……ああ、やはり、君によく似合っている」

夢見るように呟いて、柳吾が絹の上から陰核の部分にキスを落とす。

「……ぁっ」

「僕はこの赤が好きになったよ、桜子。とてもね」

そう言った柳吾の声は、どこか誇らしげだった。

だが桜子にしてみればそれどころではない。

自分の股座《またぐら》に、恋しい男が顔を寄せている状況――処女には刺激が強すぎる。

それなのに、そこに温かく湿った肉が押し付けられて仰け反った。

柳吾が下着の上から、桜子の秘めたあわいを舐めあげたのだ。

いたずらな男の舌は、あわいの筋をなぞるように何度も行き来して形を覚えた後、まだ閉じられている蜜口をくすぐった。布越しなので、もちろん中にまでは入ってこない。

だがこれまでの愛撫に反応していた桜子の身体は既に潤んでいて、未通の隘路は蜜を滲ませていた。柳吾はその蜜と自分の唾液を、絹越しにかき混ぜるように舌を蠢かせる。

「ひ、ぁあ！」

柳吾の舌が陰核を捉えた。先ほどのように優しいだけの動きではなく、尖らせて硬くした舌先で嬲るように小刻みに揺さぶってきた。

「あ、あ、あ、りゅうごさん、それ、だめぇ！」

パチパチ、と目の前に青い火花が飛ぶのが見えた。桜子は顎を反らして叫ぶ。身の内側で急激に膨れ上がる快感の熱を、どう逃がせばいいかわからない。

「やだ、ぁ、だめ、なんか、きちゃうっ！　りゅ、ごさ、ぁあっ」

高まる快楽の熱に身悶えし、四肢を突っ張る。爪先に力が籠って、シーツを掻いた。

頭が真っ白になって、身体が空中に放り出されたような浮遊感がした。

「あ、ゃあぁ――」

真っ白な愉悦の中にいたのは、数分なのか、数秒なのか。

ドク、ドク、ドク、という脈動が脳裏に響いて、こわばっていた四肢から力がじんわりと抜けていく。身体の緊張が緩んだ途端、こぽり、と自分の奥から蜜液が溢れてきたのがわかった。

「ああ、赤がすっかり濃くなってしまったな……ぐしょぐしょだ」

揶揄するような柳吾の美声が、少しだけ掠れているのは気のせいだろうか。

「これでは洋紅色ではなく、バーガンディだな」

ぐっしょりと濡れそぼった絹を指で引っ掛けて脇に退けられる。剝き出しになったそこが空気に晒され、ひやりとした。

「すごいな。こんなに潤んで……真っ赤になって蕩けている」

柳吾が恍惚として言いながら、指で桜子の秘裂をなぞる。溢れた愛蜜で、指はぬるぬるとよく動いた。蜜を纏った柳吾の指は、充血した花弁を割って、にゅるりと蜜道の中に入り込む。

「あっ」

異物の侵入に、桜子は小さく鳴いて頤《おとがい》を反らした。だが高みに上り詰めたばかりの身体はぐったりとしていて、ろくな抵抗にならない。

それをいいことに、柳吾の動きに遠慮がなくなった。

長い指がぐっと奥まで入り込み、襞を優しく掻き分けたり、押し広げたりしている。

「熱い……とろとろだ」

桜子の内側を弄る指が二本に増やされた。やはり異物感はあるが、身体に力が入っていないのが良かったのか、痛みはほとんど感じなかった。

「いい子だね、桜子」

大きな手が桜子の髪を梳き、額にキスを落とす。熱く柔らかい唇は瞼にも降りてきて、やがて桜子の唇に重なった。宥めるように舌を絡められ、そっと離される。

キスの際に閉じた目を開くと、柳吾のきれいな顔がこちらを見つめていた。人形みたいに肌理の細かい頬が、ほんの少し上気して見える。

「桜子」

形の良い唇が動いて、名前を呼んだ。

あの唇が、今、自分の唇を食んでいたのかと思うと、胸がきゅうと痛んだ。

「柳吾さん……」

——ああ、どうしよう。愛しい。

愛しくて、愛しくて、この人を食べてしまいたい。

——恋って、こんな衝動だったんだ。

この人とぐちゃぐちゃに交じり合って溶けてしまいたい、なんて、そんな衝動が、自分の中にあるなんて、桜子は初めて知った。

この人を自分の中に入れてしまえば、この衝動は収まるのだろうか。

そんなわけのわからないことを考えた瞬間、柳吾が言った。

「君の中に入りたい。——入っても、いいだろうか」

——あ、一緒だ。

彼も今同じことを考えている。だから迷わず頷いた。

「来てほしい、柳吾さん」

桜子の即答に、柳吾は瞠目し、それからふにゃりと笑った。

その笑顔に、桜子の胸がまたきゅんと鳴る。

柳吾は桜子に濃厚なキスをした後、身を起こして自らも衣服を脱いだ。そういえば桜子はパンツ一丁にされたというのに、柳吾の方はパジャマを着たままだった。

パジャマの上とアンダーシャツをいっぺんに脱ぐと、下も脱ぎ捨てた。

その躊躇いのなさに、桜子の方が狼狽してしまう。

妙なところで潔い、と感心したが、彼は自分よりもずっと年上の大人の男性だ。処女の自分とは違い、それなりに場数を踏んでいるのだろう。

当たり前のことなのに、なんだかちょっと面白くない。

桜子がむっつりしてしまっている間に、柳吾は腕を伸ばして、ベッド脇のチェストの引き出しから小さな銀色の包みを取り出した。なんだろう、と横目で見ていると、長い指でピリと裂いたビニールの中からピンク色の何かが見えた。

あ、と気づき、桜子は慌てて目を逸らす。

避妊具を装着するところを観察できるほどの度胸はまだない。

内心あわあわとしていると、準備を整えたらしい柳吾が再び覆い被さってきた。

彫像のように美しい、しっかりと筋肉の付いた男性の裸体に、桜子は目を瞠ってしまう。

柳吾が男であることを強く意識させられて、胸がドキドキと高鳴った。柳吾は桜子の力の抜けた両膝に自分の腕を潜らせると、そのまま引っ掛けるようにして持ち上げ、桜子の脇に自分の手をついた。そうすると桜子は大きく脚を開いて腰を浮かせる体勢となる。

恥ずかしい、と顔を覆いたくなったが、柳吾がキスを求めて顔を寄せてきたので叶わない。何度も唇を啄まれた後、こつり、と額を合わせられた。

硬く熱いものが、濡れた下着を脇に寄せるようにして、蜜口に宛てがわれる。

くちゅり、と水音が立ち、先端が浅い部分に埋められたのを感じた。

「息を吐いて、桜子」

低い囁き声で命令されて、桜子はゴクリと唾を呑む。

言われたとおり、大きく息を吸い込んで、ゆっくりと細く吐き出した。と同時にぐう、と熱いものが押し込まれる。

「〜っ、!?」

桜子は息を吐くことも忘れて、驚いて目を見開いた。

それは一言で言えば、『ありえない質量』だった。

入るわけがない。鼻の穴にスイカを入れるようなものだ。

——無理！　ぜったい無理！

恐怖と言うよりも、これは不可能という確信から、桜子はブンブンと首を横に振って柳吾に訴える。柳吾は桜子の必死の形相にすぐに気がついてくれて、その顔を綻ばせた。

——良かった。やめてくれる。

そう安堵して目を閉じたのに、ちゅ、と頬にキスをされて、「大丈夫」と請け合われる。

「えっ」

カッと目を開いた。

「全然大丈夫くない！」

「変な日本語だね」

——今そのツッコミか！

「大丈夫じゃない！　鼻からスイカはムリ！　大きすぎ！　ムリ！」

「……鼻からスイカ……斬新な表現だな……」

柳吾が感心したように呟いているが、日本ではわりとポピュラーな表現だ。そしてそんな悠長にしている場合ではない。回避しなくてはいけない、今そこにある危機である。

柳吾の腕をがしっと摑んで、更にブンブンと首を振る。

「お、大きすぎですって！　そんなの、処女の私に入るわけないです！」

桜子の拒絶に、なぜか柳吾は少し照れた顔をする。

「……過大評価だ、桜子。僕のはこの自分の体格に合ってはいるだろうが、規格外なサイズでは決してない」

「か……過大、評……価……？」

してないし話が通じていない。愕然とする桜子に、柳吾がニタリと口の端を上げる。

からかい交じりのその微笑に、わざと話を躱《かわ》されていたのだと気づいた。

唖然としてその美しい顔を見つめる桜子に、柳吾が色素の薄い瞳を甘く揺らめかせ、愛しげに唇に軽いキスを落とす。

「覚えておくことだ。車と男は、急には止まれない」

「…………は？」

あまりのオヤジ発言に笑えばいいのか怒ればいいのかわからずに唖然としていると、柳吾は桜子の呆れ顔にも蕩ける笑みを見せる。

「ああ、可愛いな。桜子」

　イヤイヤそうじゃないでしょ……と思うのに、耳に直接注ぎ込まれるような低い囁きは、まるで蜘蛛の糸だ。

　柔らかく、優しく、降り注ぐ春の雨のように纏わりついて、気がつけば雁字《がんじ》搦め。

　にわかにぞくりとして目を上げれば、どろりと甘く、獰猛な獣の欲を宿した飴色の双眸《そうぼう》がそこにあった。

「すまないな、やめてはやれない。――全部、僕に寄越しなさい」

　桜子は息を呑む。

『全部寄越せ』――先ほどと同じ言葉を紡がれたのに、なぜこんなに印象が違うのだろう。

　最初に言われた時は、『甘やかして、面倒を見てあげよう』――そんな意味だと思っていた。それなのに今は、『頭から全部食べてやるから』と聞こえた気がした。

　――私、何か間違えた？

　罠にかかってしまった獲物のような気分なのは、どうしてだろう。

「あっ――」

　桜子が反応できないでいる内に、柳吾が動きを再開した。

　再び、ぐ、と熱いものが押し入ってくる。その圧迫感に、桜子は知らず呼吸を止めた。

　柳吾は小刻みに腰を揺らしその先を求めてくるが、未だ開かれたことのない身体は、ぎゅっと閉じて異性の侵入を拒んでいる。

「桜子、息をして」

柳吾がそっと命じるが、どうしていいかわからない桜子は、ただ小さく首を振った。

「怖がらないで。僕だよ」

彼の吐息が唇の粘膜にかかるほど近くで囁かれ、思わず開いた唇を、ぺろりと舐められる。その仕草に昔飼っていた犬を思い出し、おかしくなって、は、と息を吐いた。

「上手だ。いい子だな」

笑みを含んだ柔らかな声にホッとして、身体が弛緩する。

──ああ、もう。

柳吾に褒められると、無意識に安堵してしまう自分に呆れた。

唇を尖らせた瞬間、ぐう、と柳吾が腰を進める。

「きゃ、んぅっ」

先ほどよりも奥へと侵入されて悲鳴を上げようとした口を、すかさず柳吾にキスで塞がれる。

「ん、ぅ……ふぅ、んん」

ねっとりと口腔を舐られ、下腹部への感覚に集中できなくなる。舌先で上顎を擦られると、ゾクゾクとした快感の火花が身体の中で弾けてしまう。

小刻みに揺さぶられ、キスで高められた桜子の身体は、奥からトロリトロリと蜜を溶かし出していた。柳吾の動きに合わせて鳴る水音が、どんどん大きくなっている。

快感と、圧迫感と、酸欠とで、桜子の頭がぼんやりとしていく。なにか摑まるものが欲しくて逞しい首に腕を回して抱き着くと、柳吾が吐息で笑ったのがわかった。

柳吾がわずかに唇を離し、「すまない」と謝ってくるのを、不思議に思って首を傾げた瞬間、貫かれた。

「ん、ぅあぁっ!」

一気に最奥まで押し入られ、目の前に白い火花が散る。

ぶつり、という衝撃が腹の内側で起こったけれど、幸いなことに痛みはそれほどでもなかった。

ただ衝撃は大きくて、心臓がバクバクと音を立てている。全身から噴き出した汗に、自分が驚いたくらいだ。

震えながら速い呼吸を繰り返す桜子を、柳吾は大きな身体で包み込むように抱き締めてくれた。そのままじっと動かずにいてくれるおかげで、徐々に落ち着きを取り戻していく。

桜子は、自分の首に顔を埋めるようにしている柳吾の頭に、そっと顔を摺り寄せた。

柔らかい髪から彼の匂いがして、嬉しかった。

柳吾の匂いに安堵を覚える自分は、とっくに恋に溺れていたのだ。

彼の匂いが好きだと思った時に気づけなかったのは、恋をしたのが初めてだったからだろうか。一人だけいた元彼も、告白されたから付き合っただけで、本当に好きだったかと言われると即答はできない。柳吾に対するような、こんな鮮やかな感情ではなかったことだけは確かだ。

恋をしたその人に抱かれているというこの状況が、夢のようだ。

圧迫感や痛みの名残が身体を苛んでいるのに、桜子は嬉しくて仕方なかった。

「柳吾さん……」

顔が見たくて囁けば、柳吾は顔をこちらに向けてくれた。柳吾の額には汗が浮かんでいて、秀麗な顔は少しだけ苦しげに歪んでいたが、桜子に向ける眼差しは優しかった。

「……すまない、痛かっただろう。大丈夫か？」

手の甲で桜子の頬を撫で、次いで親指で眉毛をなぞる。まるで猫でも撫でるみたいな仕草だと思ったが、心地よかったので文句は言わなかった。

「……大丈夫。嬉しいから……」

撫でてくれる手のひらに頬を擦り付けながら答えれば、柳吾がピタリと動きを止めた。

「柳吾さん？」

不思議に思って首を傾げれば、柳吾の顔がみるみる赤く染まっていった。

「――ッ、わざとか？　わざとなのか!?」

「ええっ!?」

怒ったように問われ、桜子は目を丸くする。何がわざとなんだろうか。

混乱する桜子に、柳吾は「ああっ、もうっ!」と唸り声を上げると、桜子の上に重なるように伏せていた上体を、ガバリと起こした。

「優しくしようと我慢していたというのに」

「あっ!」

ぐん、と腰を押し付けられて、桜子は身を反らした。

自分の奥の奥まで、柳吾の熱く硬いものでみっちりと満たされている。最奥が疼くようにじんじんと脈打っていて、むず痒い。堪えようと奥歯を噛むと、それに合わせて自分の中がきゅんと蠢いて、柳吾を締め付けたのがわかった。

「——っ」

柳吾が息を詰めて、しなやかな腹筋が筋張って浮き上がる。

「煽るのも……」

フーッと深く息を吐きながら、険しい視線を向けられた。普段穏やかな柳吾の、情欲の滲む色っぽい眼差しに、桜子は胸がドキンとしてしまう。

「大概になさい」

低く窘められ、ゾクンとした甘い慄きが背筋に走った。

「あ」

柳吾は桜子の足首を摑んで持ち上げると、踵にがぶりと嚙みついた。

「ひ、ぃんっ」

まさかそんなところを口に含むなんて思いもしなかった桜子は、予想外の刺激に高い声を上げてしまう。

桜子のその反応がお気に召したのか、柳吾はそのまま足首や脹脛《ふくらはぎ》にも歯を当てていく。

痛みまではいかない、ギリギリの強さで甘嚙みされ、ビクビクと身が跳ねた。

そうやっていたずらをしながらも、柳吾はゆるゆると腰を揺すり、桜子の中に埋まった昂ぶりを行ったり来たりさせる。

「あ、あ、ぅあ、ん」

ずん、ずん、と硬いもので内襞を擦られるたび、桜子はあられもなく啼いた。

じわじわと身体が熱くなっていく。両方の踵も、足首も、脹脛も余すことなく嚙み終えて満足したのか、柳吾はゆっくりと腰を振りながら、桜子の両膝を摑んで大きく開いた。

「ああ、こうするとよく見える。初めてでも、ちゃんと美味しそうに僕を呑み込んでいるよ。偉いな、桜子」

とてもいやらしいことを言われているのに、相手が柳吾だと、純粋に褒められているような気がしてしまうから困る。嬉しくなってしまっている自分は、本当にばかだ。

「ああ、この粒も、こんなに赤く膨らんで……。ふふ、可愛らしいな」

それでもただ啼いていることしかできない桜子に、柳吾が「ご褒美だよ」と言った。

「きゃぅっ！」

今褒めた陰核を、柳吾の指が撫でたのだ。

「あ、ぁん、だめ、柳吾さん、それ、おかしくなっちゃぅ、からぁ」

ぐちゅぐちゅと中を抉られながら、絶妙な力加減で陰核を捏《こ》ねられ、熱を孕んだむず痒い鈍痛と、鮮烈な快感とで、頭がおかしくなりそうだった。

イヤイヤと頭を振るのに、柳吾の返答は無情だった。

「いいよ。おかしくなってしまいなさい」

女神の微笑みでそう言われ、桜子は涙が出そうになった。

柳吾はその半べその顔を見て、蕩けるような笑みを浮かべ、桜子を穿《うが》つ速度を速める。

「ああ、可愛い、桜子、桜子。ああ、すごいな、狭くて、熱くて、堪らない」

「あっ、ぃや、あ、あぁ、ダメ、これダメぇ、ああっ」

自分の奥を穿つ波のような振動と、最も敏感な場所を嬲られる火のような悦びとにもみくちゃにされて、桜子は高まる熱を持て余し身悶えた。

快感が高まれば高まるほど、身体中が緊張していく。まるで引き絞られた弦のようだ。

——弾けてしまう。

そう思った瞬間、視界が白く瞬いた。

「――――ぁっ」

それまでさんざん高い声で啼いていたくせに、愉悦に達した時に出た声は、ひどく小さな呟きだった。

四肢を突っ張り、反った背をびくびくと痙攣させて、桜子は達した。

同時に下腹部に溜まり切った熱を絞り切るように、蜜襞が柳吾を締め上げる。

「ぅ、あっ、桜子っ……」

柳吾が切羽詰まったように呻いて、抽挿を激しくする。

「ん、あ、あぁ、あ」

達している最中に更に揺さぶられ、生理的な涙がボロボロと零れた。

「っ」

柳吾のものがひと際重量を増したのを感じた後、ドクン、ドクンと中で爆ぜるのがわかった。

彼もまた達したのだ、と思いながら、襲い来る気怠さに身を任せていると、柳吾が覆い被さってきた。

「――桜子」

顔を寄せられ、唇が重なる。

差し込まれる厚い舌を力なく受け入れていると、ぱたり、と額に彼の汗が落ちてきた。

──ああ、幸せだ。

恋しい人に、こんなに汗だくになるほど、求めてもらえた。

他人の汗にそんな想いを抱くなんて、以前は考えられなかった。

危ういまでの恋の魔力にどこか茫然としながら、桜子は幸せな疲労感と睡魔に、ゆっくりと身を委ねたのだった。

第五章　友

最近、柳吾は忙しいようである。

桜子のご飯を用意してくれるのは変わりないが、桜子が来る直前まで仕事をしていたのか、食事の支度がまだだったり、桜子がいても仕事部屋でパソコンに向かっていたりする。

一度、なんの仕事をしているのか尋ねてみたことがあったが、気まずげに話を逸らされたので、それ以来聞けないでいる。人には人の事情がある。話したくないことを無理に聞き出すこともない。

在宅のシステムエンジニアか何かかな、と勝手に推測している。もしそうであれば、納期が近いのかもしれない。自分の仕事とはまったく分野が違うので、よくわかっていないのだが。

忙しそうな柳吾のお世話になるのはさすがに申し訳なく、食事はしばらく用意しなくていいと断りを入れてみたのだが、逆に目を吊り上げてお説教をされてしまった。

『僕の料理を食べないとして、君は何を食べるつもりだい？　またカロリーフレンズか？　カップ麺か!?』

いやコンビニ弁当くらいは食べるつもりだと反論したかったが、柳吾のあまりの形相に慄いて引っ込めた。

——というのは、言い訳だけど。

本当は、単に自分が少しでも柳吾の傍にいたいだけなのである。

恋する乙女のなんと厄介なことか。桜子はままならぬ自分の乙女心に溜息を吐いた。

柳吾への恋を自覚して以来、桜子は自分の感情を持て余していた。

これまで、礼儀と自立を大切にして生きてきたはずなのに、それがすっかり疎かになっている気がしてならない。

以前の桜子だったなら、柳吾が多忙なようであればなんと言われようが食事くらい自分でどうにかしたに違いない。自分の面倒くらい自分で見られる。実際、柳吾と知り合うまではそうしていたのだから。

それなのに、この恋心というやつのおかげで、桜子はすっかり我慢ができなくなってしまった。ダメだとわかっているのに、柳吾の傍にいられる選択肢を選んでしまうのだ。

「……ダメ人間じゃん」

ぼそりと呟く自分の声と、目の前にある黒焦げの鍋の中身に、現実をこれでもかと突き付けられた。

今日は日曜日。忙しそうな柳吾のために、たまには自分が料理を作ろうと、張り切って作った肉じゃがの成れの果てである。

「……おかしいな。調理実習で作った時は、ちゃんとできたはずなのにな……」

鍋を火にかけたまま、ぼんやりと柳吾のことを考えてしまったせいだ。うっかりと考え込んで、気がつけば鍋から煙が立っていた。

最後に肉じゃがを作ったのは中学生の時だから、もうかれこれ十年以上前の話である。しかも調理実習だったので、級友たちと一緒に作ったはずである。つまり、桜子の独力で肉じゃがを完成させたわけではなかったということだ。

もともとあるかないかわからない程度の料理の腕前の上、このうっかりした性格とくれば、黒焦げの肉じゃがとなるのは誰が考えてもわかることである。

「ダメ人間だな、ホント」

もう一度言って、焦げた鍋をシンクに入れた。

桜子は、恋を知って、自分が不安定になった気がしている。

初めて関係を持ってからも、柳吾の態度は変わらなかった。もともと世話焼きな彼は、相変わらず甲斐甲斐しく桜子の世話をして、これでもかというくらいに甘やかす。

それに、身体の関係が加わるようになっただけの変化なのだ。

この状況をどう捉えればいいのか、桜子はわからないでいた。

柳吾はしばしば桜子を抱きたがる。そして抱く時は几帳面な彼らしく丁寧だ。桜子をグズグズになるまで蕩けさせることに喜びを感じているようで、彼が一度達するまでに、こちらは数回達《い》かされているといった具合だ。

彼以外の男性とこういった経験がない桜子には、それが普通なのかはわからないが、それでも大切にされているのだろうと感じている。

だが考えてみれば、桜子は柳吾から「好きだ」とも「付き合ってほしい」とも言われていない。初めて身体を繋げた時だって、お互いに酔っ払っていたし、なし崩し的に最後までいってしまったと捉えることもできる。

セックスのできる都合のいい隣人——つまり、俗に言うセフレだと思われているかもしれない。柳吾ならセフレ相手であっても礼節を忘れないだろうから、大切にされていると感じても、それは恋人に対してのものではない可能性がある。

そう思うと、怖くて確認すらできない。

だから傍にいられる今の状況に甘んじるしかないのだ。

くしゃりと前髪を摑んで、桜子は深く溜息を吐いた。

「いけないいいけないい」

桜子は、パン、と両手で自分の頬を叩く。

思考がネガティヴになりがちなこういう時は、切り替えが大事だ。

中学生でも作れる肉じゃがに失敗したのだから、手作り料理は潔く諦めよう。

「買って来よう！」

餅は餅屋。料理は料理人に。幸いこの近くにある大きな公園の周辺には、オシャレなカフェや美味しいブーランジェリーなどが密集している場所があり、食べ物のジャンルも豊富だ。値段はそれなりに張るが、プロの料理をテイクアウトできる。柳吾に何が食べたいか訊いて、それを買って来よう。

そうと決まれば、と財布とスマホを手に立ち上がる。

セックスをするようになってから、週末はそのまま柳吾の部屋で過ごしてしまうことが多かったのだが、仕事が立て込んでいる様子の今、泊まるのは気が引けた。

昨夜は柳吾の作ってくれた親子丼を食べてから、当たり前のようにベッドに連れていかれて抱き合った。きっと仕事で疲れていたのだろう。終わった後、珍しく先に眠ってしまった柳吾を残して、桜子は自分の部屋に帰ってきたのだ。

時計を見れば九時を少し回ったところだ。眠ったのが零時頃だったので、そろそろ起きていてもいい時間だろう。桜子は隣の部屋へと向かった。

そうしていつも通りに柳吾の部屋のインターホンを鳴らした桜子は、立ち尽くすことになった。

「どちら様ですか？」

ドアを開けてくれたのは、いつもの女神ではなかった。

きれいだけれど笑みのない、見知らぬ女性の顔がそこにあった。

サラサラな黒髪のショートボブ、ワインレッドのタイトなニットに、キャメルベージュのレザージャケット、グレーのワイドパンツという出で立ちは、彼女の細身で長身の体型によく似合っている。

オシャレで、隙のない美女。

桜子よりも年上――おそらく柳吾と同年代に見えた。

一瞬部屋を間違えたのだろうかと狼狽えて、いや自分の隣部屋を間違えようもないと思い直す。ちなみに桜子は柳吾の部屋の合い鍵を預かっていたが、あまり使うことはない。なぜなら、インターホンを鳴らしてから、心の中で自分が数えるのと同じタイミングで柳吾がドアを開けてくれるのが好きだからだ。

確かに先ほどは、インターホンを鳴らしてから、ドアの開くタイミングがいつもと違っていて違和感を覚えていた。

固まったまま言葉を発せないでいる桜子を、女性は怪訝そうに眺める。

「あの？　どちら様です？　この部屋に何かご用ですか？」

「あ、えっと、柳吾さん……桃山さんは」

なぜ苗字に言い換えたのかは、自分でもわからない。

だが目の前の女性の雰囲気が、好意的なものではないような気がしていた。

それを証明するかのように、桜子の言葉に、女性がスッと目を眇めた。

「あなた……もしかして、お隣の『さくらこ』さん？」

名前を当てられて、桜子はギョッとしてしまう。その様子で自分の読みが当たっているとわかったらしい彼女は、はぁ、とこれみよがしに大きな溜息を吐いて髪をかき上げた。

「アレ……桃山は今買い物に出ていて留守にしています。桃山にご用があるなら、私が用件を伺っておきますが？」

なぜ柳吾への用件をこの人に伝えなくてはならないのかと、さすがに苛立ちを覚えて、桜子はギュッと拳を握る。

「いえ。あなたではなく、柳吾さんに、直接……」

すると桜子の声を遮るように、彼女がニコリと笑って言った。笑っているのに、なんだか無機質な表情だ。

「ああ、私は桃山のエイジェントですから、どうぞご安心を」

聞き慣れない単語に、桜子はキョトンとしてしまう。

「エイジェント？」

多分英単語だとは思うが、英語が苦手な桜子の脳の引き出しからは、その意味が出て来ない。明らかに意味がわかっていない桜子に、女性は今度こそハッキリと顔をこわばらせた。

「そんなことも聞いていないのですか？」

「え……」

狼狽える桜子に、彼女は額を押さえるジェスチャーをした。

「What the heck...」

呻くように呟かれた言葉は、日本語ではない。聞き取れはしなかったが、英語のように聞こえた。

――そういえば、柳吾さんは半分アメリカ人だった。

あまりに流暢な日本語を話すので忘れていた。日本人のように見えるが、この人もミクストなのだろうか。

「つまり、私は桃山の仕事仲間ってことですよ」

「仕事……」

柳吾の仕事、と言うと、システムエンジニアということだろうか。

だがそれも桜子の推測に過ぎず、確証はない。

どことなく腑に落ちない様子の桜子に、彼女が胡乱な目を向けてきた。

「あなた、彼の仕事のこと、ご存じじゃないみたいですね？」

図星だったので、仕方なくコクリと頷く。

すると彼女はうんざりとした表情で、もう一度深い溜息を吐いた。

「そんな状態で自宅に入れるなんてどうしちゃったのかしら。タダでさえ神経質で、他人の気配がダメなくせに」

彼女の台詞が柳吾へ向けたものだと、なんとなくわかる。

だが自分が抱く柳吾への印象とは違いがあるようだった。

桜子の知っている柳吾は、穏やかで世話焼きで、桜子が傍にいても文句を言わない。

――だけど、もし、この人の言うことの方が正しかったとしたら？

本当は近くに他人がいるのが苦手で、一人になりたいと思っていたら？

ひょんなことから面倒を見てしまった桜子を見捨てられず、本当は嫌なのに仕方なく傍に置いているのだとしたら？

――そんなことはない。柳吾さんのあたたかさは本物だ。私に触れてくれる彼の手の優しさを、ちゃんと知っている！

そう反論する自分もいる。けれど自分の知らない柳吾を語る、この美しい女性を目の前にして、桜子の中のその反論は、どんどんと声が小さくなっていく。

思えば自分は、柳吾のことを何一つ知らない。

仕事のことだけでなく、誕生日も、血液型も、彼の友人も、彼の家族のことも。

――なんてことだろう。

ハッと、小さく自嘲が漏れた。どちらが信用されているか、明白だ。

俯いてしまった桜子に、女性が腕組みをして畳みかけるように言った。

「あの、さくらこさん。失礼を承知で、もうこの際だから言ってしまいますけど。今、桃山は仕事が行き詰まっていて、大変なんです。ご存じでした？」

「あ……、なんとなく、ですが」

しどろもどろで答えれば、女性はいよいよ眦を吊り上げる。

「知っているんなら、もう少し遠慮してもらえるとありがたいのですが！　アレ……桃山は、こんなに逼迫《ひっぱく》した状況なのに、あなたのご飯を作らなきゃいけないとか言って、買い物に出て行ってしまったんですよ!?　ホンット、ありえないんですけど！　What a foolish man!」

彼女は言っている内にどんどんと怒りが増してきたのか、途中から興奮のあまり英語が飛び出している。

その迫力に圧されて、桜子は後ずさりしてしまった。

「あ、あの、すみませんでした。柳吾さんにも、謝っていたと、お伝えください！」

そう叫ぶように告げると、ペコリとお辞儀をしてドアを閉める。唐突な言い方をしてしまったが、女性は追ってくるつもりはないようだ。

自分の部屋へ逃げ帰ろうとして、足を止めた。柳吾が帰ってきたら、いつまで経っても来ない自分を心配して、こちらに来てしまうだろう。

——どこへ行こう。

桜子は、踵を返した。

今、柳吾の顔は見たくない。見ればまた、甘えて縋ってしまう。

そうしたら、そんな桜子を見捨てられなくて、柳吾はまた手を差し伸べてしまうだろう。

——このままじゃ、ダメだ。

それはずっと心が発していた警告だった。

柳吾に甘え切ったこの関係は、いつか破綻すると。

あの女性は、柳吾の仕事が行き詰まっていると言っていた。

それにうすうす気づいていながら、桜子は柳吾に甘えるのをやめなかった。

柳吾の仕事仲間だという彼女が桜子へ怒りを向けるのは、当然だろう。

——このままじゃ、ダメだ。

桜子はもう一度思う。自分の胆に銘じるように、奥歯を噛み締めながら。

深い関係にあるのに、柳吾が桜子に言葉を与えない理由がわかった気がする。

——『言葉を与えない』んじゃない。

——『言葉を元から持たない』んだ。

もともと、世話焼きの柳吾が、お腹を空かせた桜子に手を差し伸べたことで始まった関係だ。セックスだって、最初に桜子が酔っ払ってセクハラをしたことが始まりだった。柳吾は常に受け入れる側だ。拾ってしまったノラ猫を、見捨てられないだけなのだ。桜子のことは気に入っているのかもしれない。だが、それだけだ。

もし桜子が傍を離れようとしても、柳吾はきっと引き留めない。

いっとき家に棲みついていた気まぐれなノラ猫が、またふらりとどこかへ行ってしまうのを、まあそんなものだよねと見送る人のように。

『寂しくなるな』と微笑んで手を振る彼を、容易に想像できる。

桜子は唇を嚙んで、階段を駆け下りた。

「このままじゃ、ダメだ」

今度は口に出して言葉を嚙み締める。

桜子は、小走りでアパートを離れた。

特に行く当てがあったわけではないが、最寄りの駅から電車に乗った。

アパートからなるべく離れたかった。

日曜だったこともあり、車内は人がまばらだ。

シートに腰かけて、自分の息が上がっていることに気づく。

普段あまり走ることのない生活をしているから、少々走った程度でこのざまだ。

けない「運動も、しなくちゃ」

――いろんなことをやらなきゃ。

このままではダメだと思う。ではどうすればいいのか。

情けないことに、桜子には見当もつかない。手あたり次第にやればいいだろうか。。

柳吾の傍にいたい。だから、柳吾が簡単に別れを受け入れてしまえる存在のままではいけない。

――柳吾さんに、必要とされたい。ノラ猫じゃ、もう嫌だ。柳吾さんに、私を手放したくない、私と一緒にいたいと思ってほしい。

そのためには、どうしたらいいのだろう。何をしたらいいのだろう。

祈るように、膝の上にのせた手を握った。

するとそのタイミングで、スマホがメールの着信を告げる。柳吾からだろうかと、怯えと期待がないまぜになった気持ちで画面を操作すれば、メールの主は藤平だった。

「藤平かい！」

緊張感を返せ！　と思わず小声で突っ込んでしまいながらメールを開く。

『おはよう！　いい天気ね！　日曜日にごめんんね。大正桜子、今日は暇かな？』

のほほんとした内容に、クスリと笑ってしまう。切迫した感情が少しだけ解《ほど》けた。

『おはよう。暇だよ。どうかした？』

本当は柳吾の部屋で過ごすつもりだったが、もう無理だから、と思いながらポチポチと返信を打つ。普段必要に迫られない限りスマホを使うことがない桜子は、メールを打つのが非常に遅い。数分かけてやっと送信したのに、三十秒も待たずに返事が来た。

「速い！」

女子高生か、とまたもや小声でツッコミを入れる。

『実は、前に話した僕の通ってる料理教室なんだけど、今日、急に生徒さんのキャンセルが数人出ちゃったみたいで。食材が余っちゃうからどうしようって先生に相談されちゃったの。もし良かったら、大正桜子、来てみない？　ちなみに今日のメニューは、パエリアと、ルバーブとイチゴのサラダに、パンナコッタよ！』

ルバーブが何かわからないし、イチゴがサラダという意味も不明だったが、読みながら、邪気のない藤平の笑顔が目に浮かんだ。

そういえば、前にそんな誘いを受けていたな、と桜子は顎に手を当てる。

『普段お世話になってるその女神に、今度は大正桜子が手料理をふるまってあげればいいのよ。きっと喜んでくれるわ！』

その時の藤平の台詞を思い出して、うん、と桜子は頷いた。

柳吾に必要とされたいけれど、何をしていいかわからない。

――それなら、素直に他人のアドバイスに従ってみてもいいのかもしれない。

しかも今朝、柳吾に食べてもらう予定だった手料理に失敗したばかりだ。できないのなら、プロに習ってみればいいのだ。

「うん！　がんばろ！」

桜子は気持ちを新たに、藤平に了解の返事を打ったのだった。

＊＊＊

藤平が通っていたのは、なんとフランス人の先生が主宰する料理教室だった。

飛び入り参加の桜子を先生は大歓迎してくれた。

しかし外国人を前にすっかり気が動転してしまった桜子は、おかしなカタコト英語で自己紹介しようとして、藤平に苦笑いで止められた。

「アメリ先生はフランス人だから。それに、日本語がすごく堪能だから大丈夫」

「あ、そうなんですね……」

恥ずかしさに頭を掻いた桜子に、アメリ先生は屈託のない笑顔を見せた。

「ソウなんです！　さくらこサン、今日は、来てくださって、ワタシトッテモ嬉しいです！　アリガトウ！　ワタシのお料理を、楽しんでくださいネ！」

アメリ先生の日本語は、イントネーションは微妙だったが、文法は大変整っている。

それにしても、と桜子は愛らしいフランス人形のような先生を見て、それから周囲をぐるりと見回す。見たところ二十代から六十代ぐらいまで、様々な年代の人がいるが、生徒のほとんどは男性で、女性は桜子を除くと二人だけだ。

「……藤平がこの料理教室を選んだ理由、わかった気がする」

ぼそりと漏らした桜子の呟きに、藤平は「ふふ」と爽やかな笑みを浮かべた。

「でも残念ながら、先生は僕の女神じゃなかったみたいよ。日本人の旦那さんがいるんだって」

「なるほど」

それはご愁傷様《しゅうしょうさま》である。桜子は首を竦め、ポンポン、と藤平の肩を叩いてやった。

藤平はイケメンであるからか、美人に遭遇する率も高いらしいのだが、彼の運命の女神にはなかなか出会えないようだ。

桜子の雑な慰めに、藤平は「ふふふ」と笑う。

「まあ、もともとこの料理教室は女神探索がメインってわけじゃないからね」

そう言いながらアメリ先生の話を小さなノートにメモしていく顔は真剣で、彼がちゃんと料理を習うために来ていることが見て取れる。

藤平は普段なんでも易々《やすやす》とこなしてみせるので誤解されがちだが、実はかなりの努力家だ。同期である桜子を置いて先に資格を取得できたのも、彼が誰よりも努力していたからだ。

仕事だろうが趣味だろうが、全力を出しているから、習得できるのだ。

その姿勢は見習わなくてはならない。

「そうだね。私も、頑張らなくちゃ」

独り言のように言い、負けじとメモを取り始めた桜子に、藤平が優しい微笑みを浮かべて頷いた。

「だよね。大正桜子も、例の女神様に、美味しいもの食べてもらいたいもんね」

ズバリと言い当てられ、カァッと頬が火照る。言い当てられて恥ずかしかったが、でもそのとおりだ。柳吾に、美味しいものを作ってあげたい。

桜子はきゅっと唇を噛んで居住まいを正し、お料理講座に集中したのだった。


アメリ先生の教室で作った料理は、そのまま生徒たちの遅めのお昼ご飯となった。

魚介たっぷりのパエリアはおこげが香ばしく、味が濃厚で頬が落ちるかと思ったほどだった。気になっていたルバーブとは、蕗《ふき》のような見た目の野菜だった。グラニュー糖を塗して一度火を通したものを、切ったイチゴとベビーリーフに合わせ、たっぷりのフェタチーズと黒コショウをかけてサラダにする。ドレッシングはバルサミコ風味で、こちらももちろん手作りだ。未知の食材と未知の組み合わせにドキドキしたが、食べてみると、甘味と酸味とスパイスが絶妙に合わさって、とても美味しかった。デザートのパンナコッタも、ヨーグルトを使ったさっぱりとした味で、イチゴのソースが甘酸っぱくアクセントになっていた。お腹がいっぱいなのに、ペロリとたいらげてしまった。

美味しい料理と、愛らしいアメリ先生。すっかりこの両者の虜になってしまった桜子は、早速このお料理教室に申し込んだ。月三回のコースだ。

今回、初心者丸出しの桜子を、アメリ先生は丁寧に指導してくれた。

おかげで手を切ったりヘマをしたりすることなく、順調に作り終えることができたし、その手順もなんとか頭に入れることができた。

——ここで頑張って料理が上達したら、柳吾さんにも食べさせてあげられる……！

単純だが、プロの指導のもととはいえ、自分で作った料理を美味しく食べられたという事実が、桜子の気持ちを前向きにしてくれた。

とはいえ、柳吾の料理の腕はプロ並みだ。頑張って精進せねばなるまい。

料理教室が終わった時には、既に十六時を回っていた。

藤平と共に駅に向かっている途中、桜子は決意を新たに宣言する。

「私、今回作った料理、今夜もう一回作ってみる！」

「えっ!?　また同じの食べるの!?」

藤平が驚いたように声を上げたが、桜子は動じなかった。

「だって、記憶が鮮明な内におさらいしときたいんだもん」

上達には努力あるのみ！　なのである。

「やる気満々ねぇ。いいことだけど、今回の料理、パエリア鍋とか器具もそうだけど、サフランとかバルサミコ酢とか特殊な調味料も揃えないといけないわよ？　かなりの荷物になっちゃうんじゃない？」

「OH……」

荷物もそうだが、費用もだいぶかかりそうな予感がする。よく考えてみれば、家にあるのは片手鍋とフライパン、ヤカンが一つずつ。ボウルも百均で買ったプラスチックのものが一つだけだ。パンナコッタで使う泡だて器すら持っていない。

それらから揃えるとなると、かなり大がかりなことになってしまう。

途端に意気消沈した桜子に、藤平は「うーん」と腕組みをする。

「あ、じゃあ、僕のウチに来ればいいわ。パエリア鍋も持ってるし、スパイス類も一通り揃ってるから。ウチで作ればいいんじゃない？」

藤平の提案に、桜子はパッと顔を上げた。

「え!?　いいの!?」

「いいよ。僕パエリア大好きだし。ただし、材料はそっち持ちでね」

材料代を、というのは、桜子に気を遣わせないためだろう。

「材料費なんていくらでも払うよ！　ありがとう、藤平……！　なんていい人なの……！」

感激して手を合わせて言えば、「もっとちゃんと拝んでちょうだい」と冗談を返され、二人で大笑いをした。

そんなこんなで、藤平の家で今度は夕食用にパエリアとサラダとパンナコッタを作ることとなった桜子は、この状況を少々後悔していた。

なにせこの藤平という男は、女性に大変人気がある。その理由は単にイケメンというだけではなく、相談に乗ってくれるからだ。自分の話を聞いてくれる優しいイケメン。

つまりは、藤平は聞き上手の聞き出し上手。それも天然の手練れである。

普段ならば藤平という男に免疫のある桜子は、うっかり喋ってしまわないよう注意している。だが今回、柳吾との関係で悩んでいて、更に料理という苦手なものに取り組みながらという状況が徒《あだ》となってしまった。

料理を作りながら、あっという間に『桜子の女神様』についての詳細を喋らされてしまったのだ。

「え!?　じゃあ大正桜子の言ってた隣人の女神って、男性ってこと!?」

「…………ええ、まあ」

エビやアサリ、イカ、色とりどりの野菜などを米の上に盛り付けながら、桜子は目を泳がせる。

「恋だね！」

「…………」

目をキラキラさせる藤平に、やめろ、と言いたかったが呑み込んだ。

この男はどうしてこう鋭い上に、言葉がダイレクトなんだろうか。黙々と作業を続ければ、藤平はにやにやとした笑みを浮かべて「へーへー」としきりに頷いている。

「なによ」

ブスッとした顔で睨めば、藤平はヘラリと笑う。

「いやぁ！　これで最近の大正桜子の変化に合点がいったなぁと思って」

「変化？」

「だっていつも化石みたいに渋い顔で仕事しかしてなかったのに、最近は悩んだりソワソワしたり、いろんな表情を見せてたじゃない。可愛くなったわよ。恋をしてたからなのねぇ」

自分では気づかなかった変化を指摘され、桜子は盛大に顔を赤くした。二の句が継げず、作業の手も止まってしまっている桜子から、藤平は材料の入ったバットをヒョイと奪い取る。

「なっ……な、そ！」

ようやく言葉を発することができても意味をなさない音ばかりだ。

藤平はそんな桜子に、また「ふふふ」と含み笑いをする。

「可愛いわね、大正桜子」

艶やかな微笑みを見せられても、相手が藤平だと不貞腐れた感情しか出て来ないのはどうしてか。

「なんっか腹立つわー……」

「褒めてるのに理不尽！」

結局いつものやり取りになる二人である。桜子の代わりに具材をのせ終わり、パエリア鍋を火にかけた藤平は、次にサラダに取り掛かる。

「大正桜子、ルバーブ切って」

「はい」

指示に従いルバーブを切っていると、藤平がボウルを出して、その中にグラニュー糖を入れてくれた。手際が良い。

「で、その女神――柳吾さん、だっけ？　に告白はしたの？」

ずけずけと訊いてくるなぁと思いながらも、これまで柳吾のことを誰にも話したことのなかった桜子は、誰かに相談できるという状況に、心がホッと緩むのを感じていた。

藤平は他言したりしない。それについては信用できる人だ。

とはいえ、隣人の女神が男性で、その人に片思いをしている、ということまでは白状したが、身体の関係があるとまでは言ってない。それは柳吾と自分だけの問題だから、誰にも教えるつもりはなかった。

「……してない」

ぼそりと答えれば、藤平は眉を上げる。

「どうして？」

「だって……告白しちゃって、今の関係が崩れるのが怖い……」

「あー、なるほどねぇ」

藤平は桜子の切ったルバーブをボウルの中に入れて、菜箸でグラニュー糖を塗していく。

「確かに現状を打破するのは、勇気が要るわよね。わかるわ。でも、大正桜子は、今のまんまでも嫌なんでしょう？」

当たり前のように言われ、桜子は瞠目《どうもく》する。

「なんでわかるの？」

「え？　だって、料理を習ったり、頑張って上達しようと練習するのも、柳吾さんとの関係を発展させたいからでしょ？」

逆にキョトンとした顔で問い返されて、桜子はまたもや顔を赤くする羽目になった。

「えええええ！　なんなの！　なんでわかっちゃうの!?」

両手で頬を押さえながら悲鳴のような声を上げ、その場にしゃがみ込む。

「私、そんなにわかりやすいの!?」

「あっはっは！　まぁ僕は事前に『女神様』の話を聞いてたから、推測するのが簡単なんだけど。でも、正直、大正桜子は顔にも行動にも出るから、わかりにくくはないわよねぇ」

藤平のフォローになってないフォローを恨めしく聞きながら、桜子はある仮定に気づいて青ざめる。

「えっ、じゃあ、もしかしたら柳吾さんにも、私の気持ち、バレバレ!?」

「うーん……」

桜子の問いに、藤平は即答せずに言葉を濁《にご》す。

余計に不安を募らせた桜子は、立ち上がって藤平の肩を掴んで揺さぶった。

「な、なに!?　なんで口ごもるの!?」

「わーグラグラするーやめて大正桜子」

棒読みで揺さぶるのを制止する藤平は、桜子の暴挙にはもう慣れたものである。

「僕は傍観者だからわかっちゃうけど、柳吾さんは当事者だからなぁ。その辺はなんとも言えないよね。恋って、渦中にある場合は、周りが見えなくなってることが多いから」

「渦中って……もめ事かなんかみたいに……」

災《わざわ》いか、とあまりの言い草に思わずツッコめば、藤平はカラカラと笑った。

「ま、天災に近いわよねぇ、恋なんて。こちらの都合なんてお構いなしに降ってくるし、知らない内に落ちちゃうんだから」

うまいことを言うな、と桜子は感心して藤平を見上げる。

確かに、柳吾との出会いは予期しないものだったし、いつの間にか、自分にはなくてはならない人になってしまっていて、気がついたら、恋に落ちてしまっていた。

人智を超えた力が働いているのだと言われても、納得してしまいそうだ。

「それでまあ、さっきの話に戻ると。柳吾さんがもし大正桜子の恋心に気づいてたとして——その上で今みたいな関係を続けてくれてるってことなら、脈アリなんじゃないの？」

「あー……。んんー……」

藤平がフライパンでルバーブを炒《いた》め始め、カラメリゼされた香ばしく甘い匂いがキッチンに立ち込めた。

それを深呼吸で堪能し、桜子は瞑目《めいもく》して考える。

「多分、柳吾さんは、脈がなくても受け入れちゃう人だと思う。責任感が強いって言うのかな……」

「責任感？」

桜子の言葉に、藤平が不思議そうにこちらを見た。

「拾って面倒見たから仕方ない、みたいな。なんか、私のことをノラ猫みたいに思ってる節《ふし》があるから……。実際に猫みたいだって言われたこと、何度もあるし」

「うーん……。猫、ねぇ」

桜子の説明が腑に落ちないのか、藤平は首を捻る。

「……甘やかされてるのも、多分、猫みたいな感覚でいるからなんじゃないかなって思う。あのね、今日実は、柳吾さんの部屋に、知らない女の人がいたんだ」

「ええ!?」

「仕事仲間って言ってたけど、でも私の知らない柳吾さんのこといっぱい知ってて。柳吾さん、本当は神経質で、他人を傍に置くのが苦手なんだって言ってた」

言いながら、状況を少し客観的に見直すことができていることに気がついた。桜子は性格上、これまであまり人に相談したことがなかったのだが、なるほど他の人に思いを吐き出すというのは、こういう利点があるのかもしれないと思う。

「もしかしたら、私のことも迷惑だったけど我慢してたのかなって、最初は思ったんだけど。でもそれだったら、多分私だって何か気づくものがあったはずなんだよね」

桜子とて、社会の中でそれなりに揉まれてきた。同じ職場で三年働き続けてきて、対人関係も問題なく過ごせているのだから、空気を読むのが絶望的に下手なわけではないはずだ。その証拠に、同僚である藤平がうんうんと頷いてくれている。

「だから、きっと私のことを疎ましく思ってはいなかったと思うの。傍にいて構わないってくらいには思ってくれてるはず……」

「そうね」

「つまり、柳吾さんが他人を傍に置きたがらないっていうのが本当なら、柳吾さんにとって私は猫みたいな存在っていうのが、やっぱり妥当な推理だわ」

「えええ――!?」

途中まで相槌《あいづち》を打って聞いてくれていた藤平が、桜子の出した結論に苦虫を噛みつぶしたような顔で叫んだ。

「なんでそうなるの!? ポジティヴさが中途半端! っていうか一回転半してネガティヴ!」

「中途半端にポジティヴ……ってことは、ほどよくネガティヴ?」

「全然違うわよ! 一回転半してるって言ったでしょ! 大体、その仕事仲間っていう女性は何者なのよ。ちゃんと柳吾さんから説明してもらった?」

指摘され、桜子は俯《うつむ》いた。

「……いや、柳吾さん、その場にいなくて」

「でしょう? ちゃんとそういうのは本人に確認するべきよ。他人を介しての揉め事は、大体が誤解によって生じるの。そもそも部屋にまで押し掛ける仕事仲間って聞いたことないわよ。一体どんな仕事をしてるの?」

藤平の正論のツッコミが冴え渡る。

今一番痛いところを突かれて、桜子はグッと奥歯を噛んだ。

「……知らなくて」

桜子の暗い声色に、藤平は眉根を寄せる。

「え？　柳吾さんの仕事、知らないの？」

「一回訊いたら、はぐらかされて。それから訊けないでいるの」

藤平が一瞬沈黙し、フライパンの火を止める。

「はぐらかすって……そんな言えないような職ってこと？」

「わかんないけど、在宅の仕事みたい。フリーのシステムエンジニアなのかなって勝手に思ってたんだけど」

桜子のたどたどしい話に、藤平は険しい面持ちで顎に手をやった。

「その女の人は何か言ってなかった？」

言われて、今朝の出来事を頭の中で反芻《はんすう》した桜子は、あ、と声を上げる。

「そういえば、エイジェントって言ってた！　どういう意味かわかんなかったんだけど」

「エイジェント？　……エイジェントって、まさか……！」

その単語を繰り返した藤平の表情が、驚愕に歪んでいく。

「え!?　なに!?　エイジェントがなんなの!?」

「諜報員よ！」

「ちょうほういん!?」

音から咄嗟に漢字を当て嵌《は》められず、音のイメージから頭の中で「地方公務員」的な職業が浮かぶ。多分違うことはだけは予測がついた。

「ってどんな職業？」

首を傾げて問えば、藤平はあからさまにガクッと肩を落とす。

「端的に言えば、スパイのこと」

藤平の台詞に、今度は桜子がガクッと肩を落とした。

「……はぁ!?」

あまりに突拍子もない話に、桜子は口をあんぐりと開けてしまった。スパイなんて単語は、小説や映画の中でしか使われないものだというのが桜子の認識だ。荒唐無稽《こうとうむけい》な話に思えたけれど、藤平の方は至極真面目な顔で説明を続ける。

「日本人には馴染《なじ》みのない言葉かもしれないけど、諜報員はどこの国にもいて当然の人達なのよ。大まかに言ってしまえば、各国の大使館の職員たちだって諜報員と言えるわ。母国のために情報を仕入れるのが彼らの仕事なんだから」

「な、なるほど……」

そう言われてみればそうだな、と桜子は膝を抱え直す。

　藤平は、炒め終えたライパンの中のルバーブを金属のバットに移し替えながら、思案顔だ。

「それなら在宅の仕事というのも、他人を傍に置きたがらないという性質も、そして唐突に現れた仲間だという謎の女性にも、説明がつく。でしょ？」

「う――――んん……？」

　名推理！　とばかりにいい笑顔を見せられ、思わず首肯《しゅこう》しそうになった自分に、桜子は慌ててストップをかける。

「イヤイヤイヤ。そもそもなんでいきなりスパイなんて発想が出てきたわけ？」

　桜子は話の筋道を明らかにしようと会話を振り返るが、スパイを匂わせる様子がなんだったのかイマイチよくわからない。すると藤平は人差し指を立てて自慢げに答えた。

「エイジェントよ」

「エイジェント？」

「そう。なんか発音良く言ってるふうだけど、日本語での言い方にしたら『エージェント』でしょ？　代理人とか代理店って意味の単語だけど、スパイ小説とか映画なんかでは、スパイのことを指すのよ」

　結局フィクションが出所かい！　と桜子は呆れてしまった。

「いや待って待って藤平。もし本当にスパイだったとして、スパイって自らスパイですって名乗っちゃっていい感じ？　ダメじゃない？」

「ま、ダメよね」

反論にあっさりと同意され、肩透かしを食らった気分で目を瞬けば、藤平はいたずらが成功した子どものような顔で肩を竦めた。

「とまあ、こういう突拍子もない事情があるのかもしれないでしょ？　事実は小説よりも奇なりってね」

「え……」

「自分の中でグルグル考えてたって、結局は埒が明かないじゃない。人間関係——恋愛絡みのことでは特に、当事者同士が話し合わないと、一つのちっちゃな絡まりが、鳥の巣みたいな塊になっちゃって、もう二度と解けないことになりかねないから」

桜子が呆気に取られていると、ポンポンと頭の上に手を置かれる。

「ちゃんと柳吾さんと話をしてごらん。真実はもっとずっと、それこそスパイよりもばかばかしかったりするかもよ？」

パチパチと油の跳ねるいい音がしてきたパエリア鍋の火を止めて、藤平は腰に両手を当てて言った。

「さ、パエリアがそろそろ良い頃合いよ。食べよっか」

桜子は撫でられた頭に触れながら、ちょっとだけ下唇を突き出した。

――ホントに、この男、天然ジゴロだわ……。

長年友達付き合いをしている桜子には、藤平にまったく他意がないことはわかっているが、知らない子はコロリと恋に落ちてしまうのだろう。こういうさりげなく気分を変えてくれるような会話に、藤平のスパダリ具合が窺えてしまう。

頭をポンポンされるという、女子なら一度は憧れる甘やかし方も、されて悪い気には決してならない。

――それでも、やっぱり私は。

桜子は目を閉じて思う。

あの手の方がいい。

大きくて、骨ばった、あのあたたかい手。

柳吾の手の感触を思い出し、そしてじわりと浮かびそうになった涙を、瞬きで散らす。

無性に、柳吾に会いたかった。

藤平の家で、もう一度昼と同じメニューを完食した桜子は、重たいお腹を抱えて帰路に就く。酒こそ飲まなかったが、思いつきで遅い時間から夕食の支度となったため、アパートに着いた頃には既に二十一時を回っていた。

見慣れた古い建物を見上げて、桜子の足は止まる。

柳吾に会いたくないと思って飛び出したくせに、柳吾のいないところで一日過ごしてみて、結局柳吾に会いたい気持ちを募らせただけだった。

昨日柳吾の部屋を後にしてから、ほぼ丸一日彼に会っていない。

だが、考えてみればたった二十時間程度だ。子どもじゃあるまいし、ばかげているだろう。

——それなのに、どうしてこんなにも寂しいと思ってしまうの……？

抱き合う関係になってから、毎日朝と晩を柳吾と過ごしていたことに気がついて、溜息が出た。

「本当に、依存し切ってたんだな、私……」

これでは、柳吾の仕事の邪魔をするなと言わんばかりだった、あの女性の言うとおりだ。

料理の勉強をしていた今日はまだ救いがある。柳吾への依存度が一番高い『食』。その自立のための一歩を歩んでいたのだから！　と心の中で自己弁護をしながら階段を上がった。

古いアパートの階段に取り付けられた蛍光灯の光は弱く、足元を確かめながら、慎重に一歩一歩行く。以前なら注意を払わずにスタスタと上がっていただろうが、柳吾に「注意を払って動きなさい！」と再三小言を言われて、気をつけるようになったのだ。

だがコンクリートの階段の最後の一段を上がり終えた桜子は、顔を上げて「ひっ！」と悲鳴を上げて竦み上がった。

薄暗い中、数歩先に立つ人の姿があったからだ。

「りゅ、柳吾さん……！」

バクバクという心臓の早鐘を聞きながら、桜子は目の前の男性に言った。

薄暗い上に逆光で表情は見えづらかったが、桜子が彼を見間違えるはずがない。

柳吾もどこかへ出かけていたのだろうか。

トレンチコートにストールを巻いた完全防寒の出で立ちに珍しさを覚える。

会うのは柳吾の部屋がほとんどだったため、外套を着ている姿を初めて見た気がする。

柳吾が動かないので、桜子もそれ以上近づけず、立ち尽くした。

「び、びっくりした。どうしたの、こんな寒いところで……」

なんとなく気まずい空気に、桜子はヘラリと笑って当たり障りのない話題を振る。

だが柳吾はそれには応じず、桜子の言葉に被せるようにして切り込んできた。

「どこへ行っていた？」

「え……と」

硬い声に、柳吾の怒気が伝わってきて、桜子は狼狽する。

柳吾の怒った姿など見たことがなかった。柳吾はいつだって桜子に甘かったから。

「何度も電話したんだが、繋がらなかった」

スマホの電源は、藤平と合流してから落としていた。柳吾から連絡が来るのも怖かったし、柳吾からの連絡が来ないことに落胆する自分に呆れるのも嫌だったからだ。

「あ、スマホ……充電切れで……」

咄嗟に嘘が口から出て、俯いた。自分の足元が見える。適当なスニーカーにジーンズ。今朝、『ちょっと買い物』のつもりだったから部屋着のような恰好だ。柳吾の部屋であの女性に遭遇してそのまま飛び出したことを思い出し、あの情けなく嫌な感情が胸中にまざまざと蘇る。

「で、も！　柳吾さんと、約束とか、してなかったですよね？」

だから、責められる謂《いわ》れはない――そう言外に込めて、桜子は柳吾を見ないまま言った。自分の言っていることは正しい。それなのに、どうして言い訳をしている気分になってしまうのか。

どうして、柳吾に対してこんな苛立ちを覚えてしまうのか。

――私は、柳吾さんが好きなのに……！

下唇を噛んで泣き出したい気持ちを堪えていると、微かな音と共に、柳吾が一歩こちらに近づいた。後ずさりしたくても、後ろは階段だ。

「桜子」

柳吾の声に先ほどのような硬さはなくなっていたが、今度は桜子の方が頑なだった。宥めるような呼び方に、苛立ちを感じてしまう。

返事をしないでいると、視界に柳吾の靴が映る。

「朝、来てくれたんだろう？　ハルカから、君が訪ねてきたと聞いた」

「——っ」

柳吾が言う『ハルカ』が誰のことを指すのかに気づいて、桜子の胸が更にもやっとする。

苗字ではなく、名前で呼ぶほど親しいのだろう。仕事仲間だと言っていた。

——でも、藤平は私を名前で呼ばない。

フルネームで呼ぶ藤平が少々特殊なのだ。それはわかっていても、込み上げた胸のもやもやは収まってくれない。

「ハルカから君が謝っていたと言われて驚いた。何のことだい？　あの時僕は、君が来ると思っていたから、朝ご飯の材料を買いに行っていたんだ。ハルカに君が来るかもしれないと伝えておけばよかったんだが——」

『ハルカ』が自宅に来ることも、いることも当然であるという柳吾の口ぶりに、桜子の中で不快感が膨れ上がる。その前の夜に、柳吾の腕の中にいたのは、自分の方だったのだ。

それなのに——。

突然現れた女性に自分の居場所を奪われたような、そんな喪失感と腹立たしさに襲われる。両手でギュッと拳を作り、桜子は唸るように言った。

「……朝ご飯は、そのハルカさんと食べればよかったじゃないですか」

桜子の声音に、柳吾が戸惑ったような声を出す。

「──え？　いや、君が来ないから、朝食は確かにハルカと食べたが……」

柳吾のその台詞によって燻《くすぶ》っていた怒りに、一気に火が点いた。

──私のご飯を、あの女《ひと》にあげたんだ!!

冷静になってみれば、傍若無人極まりない思考回路である。

自分は逃げ出して、スマホの電源を切るまでして接触を断っていたくせに、その間に自分のご飯を他の人に食べさせたと言って怒っているのだ。暴君ここに極まれり。

だが桜子にとって、柳吾の手作りご飯は、彼と自分を繋ぐ大切な絆のようなものだった。

自分が柳吾にとって特別なのだと実感できるもの。それを他人に与えてしまったと、さらりと言ってしまう柳吾に、ひどく裏切られた気持ちになってしまったのだ。

「じゃあもう、これからはハルカさんにご飯、作ってあげたらいいじゃないですか！」

叫ぶように言い放ち、桜子は顔を上げて、柳吾を睨んだ。

柳吾は眉根を寄せて、驚いた顔をしていた。

「桜子？　君、ハルカのことを何か誤解して──」

──またハルカ！

何が誤解だ、と桜子は嘲笑を漏らす。

「お仕事仲間なんですってね！　信頼できるし、何の職業なのか教えられない、信用できない私なんかよりずっとずっと、ご飯作ってあげるべき人なんじゃないですか!?」

――何がエイジェントよ！　何だっていうのよ！

桜子は怒りを堪えようと、グッと奥歯を噛み締めた。けれど、収まらない。

――何が、仔猫みたい、だ！

以前柳吾に言われた台詞が脳裏に蘇った。

所詮は、ペットに過ぎなかったのだ。

どれだけ身体を繋げても、結局はペットとして甘やかされていただけの自分。

信用どころの話ではない。

――セフレよりもひどいじゃん、私。

情けなくて、悔しくて、眦が熱くなる。

「……もう、やだ。こんなの……！」

ぐちゃぐちゃの感情に、桜子はどうしていいかわからず、泣き声で呟いた。

こんな自分は初めてだった。感情のコントロールが利かない。

柳吾のことが好きなのに、嫌だと思ってしまう。

会いたいのに、会いたくない。

傍にいたいのに、いたくない。

――こんな自分が、嫌だ……！

ボロボロと涙が零れ落ちる。

堰を切ったように泣き出した桜子に、柳吾があからさまに狼狽を見せた。

「さ、桜子？　頼むから泣かないでくれ」

小さな子どもにするように肩を抱き、そっと撫でてくる。

「どうしたんだ？　ハルカに朝食を食べさせたことが気に食わないのか？　今日のはたまたまだったし、そもそもハルカは僕がご飯を食べさせてやらなくても、料理が得意なはずだから――」

――『ハルカ』は料理が得意だから――!?

桜子の中で、ブチィ!!　と盛大に何かが切れた音がした。

両手を勢いよく突っ張り、ドン、と眼前の美丈夫を突き飛ばす。

呆気にとられた表情の柳吾を、泣き腫らした赤い顔で睨み上げた。

「私、もう、ご飯要りませんから！　ちゃんと、自分で食べるし！　食べられるし！　だから、柳吾さんの部屋にも、もう行かないです！」

叫ぶように言えば、柳吾は驚愕に目を見開いた後、青ざめて絶句した。

その様子に少しだけ胸が空いて、顎を反らしてビシッと指差し、カタコトの英語で高ら

かに宣言する。

「イッツ、マイ、インディペンデンスデイ！」

――大正桜子、二十五歳。

これが人生初の、独立宣言であった。

第六章　印

「How is the progress on your work ?」

仕事の進捗《しんちょく》を尋ねる聞き慣れた声がして、柳吾はハッと物思いから我に返った。

どうやら仕事をしている最中に考え事をしてしまっていたようだ。

開いたノートパソコンの画面は、長時間操作しなかったためブラックアウトしてしまっている。くしゃりと前髪を摑み、溜息を吐いてエンターキーを押した。

画面が光を取り戻すのを見つめていると、ココン、とノックの音が響く。

「Can you hear me ?（聞こえてます？）」

嫌みったらしく聞いてくる流暢な英語に、眉根が寄った。もともと日本人だったハルカは、日本語も問題なく喋れるが、アメリカでの生活が長いせいで英語を使うのを好む。

いつもなら英語で応じるのだが、今日はそんな気分になれなかった。

「ここは日本だ。日本語を話せ、ハルカ」

「…Yes, your majesty.（畏まりました、陛下）」

そちらを見ようともせず、投げつけるように言った柳吾に、ノックの主は嫌みそのものを返してきた。

「何をそんなにイライラしてるんですか」

ようやく日本語にしたハルカは、呆れ顔で柳吾の傍まで来ると、トン、とパソコンデスクに珈琲の入ったマグカップを置く。色を見るに、カフェオレになっているようだ。

「牛乳たっぷり入れました！　糖分とタンパク質の補給です。食欲がないなら、せめてこれだけでも」

飲めということらしい。

飲みたくない。珈琲を、というわけではない。飲み物も、食べ物も欲しくなかった。

そのカップからくゆる白い蒸気を睨みつけながら、柳吾は表情を変えずに言った。

「イライラなどしていない」

我ながら白々しいなと思いつつ、柳吾は口を噤む。

ハルカは一旦沈黙を選んだものの、もう一度深い溜息を吐いた。

「……どっちでもいいですけど、仕事はちゃんとしてくださいよ。……ていうか、さっきからまったく進んでないじゃないですか！　この間まで少しずつできてたのに、なんでですか！」

パソコンの画面を覗き込んで眦を吊り上げるハルカに、柳吾は舌打ちをする。

「うるさい」

「うるさくないですよ！　反抗期の子どもじゃないんですから、本当にいい加減にしてください よ、もう！　静かな環境じゃないとダメだとか言って突然日本に行っちゃって、ホント、対応するこっちの身にもなってくださいよ！」

小言が始まったので、柳吾は仕方なくマグカップを手に取り、熱いカフェオレを啜る。

ただ甘いとしか感じなかった。

「別に問題ないだろう？　メールがあるんだし」

「待てど暮らせどそのメールが一向に来ないから、こうして私が派遣されているんでしょうが！」

額に青筋を立てて怒鳴るハルカに、ごもっとも、と柳吾は瞑目する。日本に来たのは、思いつきだった。二進《にっち》も三進《さっち》も行かない膠着状態からの脱却であったが、逃避とも言えた。

彼らの怒りと焦燥は当然だろう。

無論申し訳ない気持ちはあったので、にっこりと微笑みを向けてみせる。

「君たちが優秀なエイジェントで助かるよ」

するとハルカはますます目を吊り上げた。

「こんな時ばっかりお世辞言ったってダメに決まってるでしょ！」

「お世辞じゃないんだが」

「お世辞じゃないなら、チャッチャと仕事進めてください！　向こうでサムが今か今かとパソコンの前で熊みたいにウロウロしちゃってますから！」

アメリカにいるメンバーの名前を出され、柳吾はカフェオレをもう一口、ごくりと喉に流し込んで、肩を竦める。

サムは柳吾を見出してくれた恩人と言っても過言ではない。だが彼には申し訳ないが、だからこそ、少し距離を置きたかったのかもしれない。彼は過保護すぎるのだ。きっと今回も、彼自身がこちらに来たかったに違いないが、日本語のできない彼に代わり、堪能なハルカが派遣されたのだろう。

物理的に、そして言語的に距離を置いて正解だった。

ハルカは良くも悪くも、仕事に対して非常にドライだ。彼女にとって、仕事は完遂されるべきもので、それ以上でもそれ以下でもない。そういう意味ではサムのウェットな仕事ぶりとは正反対だが、今の柳吾にはちょうどいい距離感だ。

柳吾にとっての仕事と、そしてパートナーであるサムとに対する、距離感の再構築。

それが今回の来日の目的だった。

長年パートナーとしてやってきただけに、サムにそれをダイレクトに告げるのは気が引けた。これ以降も彼とやっていくつもりであればなおさらだ。

だから、少々強引な方法で飛び出したのだ。

——だが、日本に来たところで、仕事が捗らないのは同じだった。

パートナーから離れたことで、心理的な圧迫感は大幅に減少した。

だが、肝心の仕事の方はなかなか思うように進まなかった。

この仕事に就いてから、かれこれ十年以上経った。

最初は楽しいだけだった。

それが、周囲の渦に巻き込まれるようになり、その速さに追いつこうとただがむしゃらにやってきた。馬車馬のように懸命に走り続けて、ある時、ふと自分が来た道を振り返ってみて、本当にこれが自分の思い描いた道だったのかと、疑問が湧いた。

サムと肩を組んで走っていたはずが、いつの間にかサムに導かれて、ただ走らされているのではないかと、そんなふうに思ってしまったのだ。

それから、仕事ができなくなった。

自分がしてきたことに疑問を抱いてしまった今、柳吾はこれから先を思い描けなくなっていた。昔はできていたことが、できなくなってしまった。

きっと、持っていたはずの何かが、欠落してしまったのだろう。

がむしゃらに走っている間に、いつの間にか摩耗《まもう》して、消えてしまったもの。

――僕が失ったものとは、何なんだ。

それを知らなくては、先に進めない。探しに来たはずの日本でも見つからない。

自分を知る者が誰一人いない環境で、ノスタルジックな日本満載の古ぼけたアパートから見る、美しい光景。子どもの頃に憧れた、日本の美しさ。その中に、何かを見つけられたらと思ったのに。

――どうしたものかな。

焦りすら半ば他人事のようになってしまっていた時、柳吾の目に飛び込んできたのは、あの赤だった。

目に痛いくらいの、眩い赤。自然に彩られた景色の中で、明らかに異質なその洋紅色は、今思えば誘目色《ゆうもくしょく》だったのかもしれない。

『これは甘いぞ』ということか。あるいは、『これは毒だぞ』ということか。

――いずれにせよ、結果は同じだ。

柳吾は誘われた。そして、出会った。

――桜子。

愛らしくあどけない、けれど誰よりも気高い隣人の女性は、ノラの仔猫のようにするりと心の中に入り込んで、柳吾を翻弄した。

無垢《むく》で自由なその魂に、柳吾が落ちたのはあっという間だった。

最初はくるくると変わる表情が物珍しかった。それから、自分の作った料理を頬張る様子が可愛らしくて、夕食を作るたびに彼女を誘うようになってしまった。

彼女が体調を崩した時、いつになく頼りなげな様子で袖を摑まれ、抱き締めてやりたいという衝動に駆られた。更に彼女にボーイフレンドがいるかもしれないと知り、自分が激しく動揺したことで、彼女をすっかり懐の中に入れてしまっていたのだと気づいた。『合コン』に行くと言われたことにイライラする自分を不思議に思い、酔っ払った彼女に抱き着かれ、うっかり欲情しかけて狼狽した。『ダメだ！　相手は酔っ払いだ！』と心の中で懸命に邪念を払っていた時に、酔っ払った彼女がポロリと身の上話を零して驚愕させられた。

彼女は柳吾に甘える様子を見せながらも、決して自分から頼ってくることはしなかった。両親が他界してしまっているという事実は、そんな彼女が初めて柳吾に見せたウィークポイントだった。

――この子は、頼れないんじゃない。頼り方を知らないんだ。

『誰かを頼ってはいけない』『自分の力で生きなくてはいけない』――彼女の笑顔の裏に、そんな強迫観念にも似た信条があるのだと知った時、柳吾は「この子に頼られたい」と思った。求めてくれるなら、なんだってしてやるのに。

自分のその感情を持て余すようにしていたけれど、それが恋だと気づいたのは、彼女が自分の腕の中で声を上げて泣きじゃくった時だ。

唯一の肉親であった祖母を喪い、すっかり憔悴しているのに、彼女はそれでもまだ笑おうとしていた。痛々しくて見ていられず、とにかく何かしてやらなければとご飯を与えた。すると、彼女が泣いたのだ。その涙を見て、柳吾は嬉しかった。

ようやく、彼女に頼ってもらえたと思ったのだ。

——僕だけを頼ってほしい。僕が君を守るから。僕だけの君でいて。

独占欲の滲む己の願望に、戸惑いはなかった。彼女を欲しいと思う気持ちは、振り返れば最初からあったような気がしていた。それに気づけなかっただけだ。

彼女を手に入れるには、どうすればいい。

自立している彼女は、基本一人で生きることに疑問はない様子だ。

自由に、のびのびと、自分の足で人生を歩んでいる。

彼女は、柳吾がいなくても生きていける。

——それならば、檻をつくればいい。彼女が檻だと気づかないくらいに、甘美な檻を。

満たしてやればいい。ドロドロに甘やかして、ここから出たいと思わなくなるまで。

柳吾は実行した。

彼女の空腹を満たし、あたたかく柔らかな寝床を用意し、撫でて、これでもかというほどに甘やかした。

そうして、ようやく手に入れたはずだった。

——それなのに。

『イッツ、マイ、インディペンデンスデイ！』


高らかに放たれた独立宣言を思い出し、柳吾は深い溜息を吐いた。

捕まえたはずの彼女は、猫のようにスルリと彼の腕から逃げ出した。

甘く睦《むつ》み合った次の日、朝に顔を見せなかったと思ったら、その夜にあの独立宣言という爆弾をぶっ放して消えたのだ。

消えたというのは語弊《ごへい》があるか。隣人なので、さすがに彼女の生活する気配はわかる。

だが、柳吾の部屋に来なくなったのだ。

これまで彼女との関係は、彼女が柳吾の部屋に来ることで成り立っていた。

だったら自分が彼女の部屋に行けばいいだけなのだが、現在柳吾には、人情を理解しない乾いた仕事の番人ハルカがぴったりと貼り付いている。

『あなたは何もしなくて結構です。日常生活のことはすべて私がやりますから、とにかく仕事に全力を！　本気で！　注ぎやがれでございますよ！』

と目の笑っていない笑顔ですごまれ、仕事部屋に監禁されている状況である。

まさに仕事の鬼。エイジェントの鑑である。

実際、仕事の期限がもうギリギリまで迫っている。ハルカの言うとおり、今から全力でやらなければ間に合わないだろう。

ハルカもサムも、柳吾の大切なパートナーだ。彼らの信頼を裏切るわけには、いかない。わかっている。それがわかっているから、柳吾はこうしてパソコンの前に座っているのだ。

パソコンに入力をしてみる。いくつかのアルファベットを入れて、手が止まった。

先が見えない。美しい未来を、思い描けない。

『私、もう、ご飯要りませんから！　ちゃんと、自分で食べるし！　食べられるし！　だから、柳吾さんの部屋にも、もう行かないです！』

そう叫んだ彼女を思い出す。怒りに潤んだ目がキラキラと煌めいていた。

怒っていても、彼女は美しかった。目が眩むほどに。

彼女はその言葉通り、自炊をしているようだ。彼女の部屋から、料理をする物音が聞こえてきて、いい匂いが漂ってくるからだ。

隣人というのは、時として知りたくないことまで知ってしまう。

彼女は宣言通り、自力で、立派に生きている。

対する柳吾は、その事実に打ちのめされていた。

たとえ彼女自身が作ったものであっても、柳吾が作ったもの以外から栄養をとっているということを、認めたくなかった。
柳吾は片手で額を押さえ、ハッと自嘲の笑みを漏らした。
――僕は頭がおかしくなったのかもしれない。
未来の彼女を形作る栄養すら、自分が与えなくては気が済まない。
常軌《じょうき》を逸した執着心だ。
彼女は、どこかで柳吾の異常さを感じ取ったのかもしれない。
「……桜子……」
君に、会いたい。だが、会うのが怖い。
きっと君は、この異常な執着心に怯えて逃げたに違いないのだから。
今度彼女がこの手を振り払ったなら、自分は何をしてしまうかわからない。
――きっと、君の脚を折ってしまうだろう。
自由に駆ける脚を折って、自分に縛り付けてしまうだろう。
狂った自分を容易に想像できることが、恐ろしかった。

＊＊＊

ジャガイモは皮を剝いて大きめに切って、水に浸しておく。ニンジンも皮を剝いて、大きめの乱切りに。玉ねぎは皮を剝いてへたを切り落とし、くし型切り。糸こんにゃくは一度沸騰したお湯で湯搔《ゆが》いて、食べやすい長さに切る。お鍋を火にかけ、サラダ油を少々。温まったら、酒を塗しておいた牛肉を入れて炒める。ジャガイモとニンジンを加え、表面が透き通るまで炒める。次いで玉ねぎ、糸こんにゃくを順番に追加し、水を加える。醤油、砂糖、みりんで味を調えたら、落とし蓋をして中火で煮込む。煮汁が三分の一になり、ジャガイモにスッと箸が通れば出来上がり。

「で、できた……！」

桜子は、鍋の中の肉じゃがを見つめて呟いた。見た目は完璧な肉じゃがだ。そして、今味見をしてみたが、紛れもない肉じゃがだった。

「や、やったぁああああ!!」

自炊することを決意し、カレー、シチューと、小学生でもできる市販のルウを使った料理から始め、ようやく肉じゃがにまで辿り着くことができた。

思えば長い道のりだった。

料理教室や藤平の家で作った時と、自宅で独力で作った時とでは、所要時間も手間も雲《うん》泥《でい》の差があった。料理の工程と要領が身についている人と一緒にいると、自分が考えるまでもなく次の手順が提示されるため、動きのスムーズさが桁違《けたちが》いなのだと実感させられた。

——これはもう、慣れていくしかないんだな……。

改めて自分の不甲斐なさを突き付けられながら、それでも前向きに！　を目標に頑張ってなんとかここまで来た。

「これなら、柳吾さんに食べてもらえるかも……」

肉じゃがにトライしてもう三日目だ。毎日肉じゃがを食べ続けたが、今日の味なら大丈夫だと思えた。

柳吾に独立宣言をして、早十日。

たった十日と言うことなかれ。柳吾依存症にどっぷり罹患《りかん》していた桜子にとって、どれほど苦悶の日々だったことか。

あれ以来、柳吾からの連絡はない。もちろん部屋にも来ない。

勝手なことばかり言っている桜子に、とうとう呆れてしまったのかもしれない。

あれだけ甘えさせてもらっておきながら、突然『もうご飯なんか要らない！』と暴言を吐いたのだから、それも当然だろう。

——でも、あのまんまじゃきっと、いずれダメになってた……。

あの仕事仲間の、ハルカという女性が暗に仄めかしていたとおりだ。

与えてもらってばかりの桜子では、きっと柳吾のお荷物になっただろう。

それだけではない。柳吾に抱かれながらも自分に自信が持てない桜子は、彼のために何もできない自分を持て余していた。もともと、人に何かしてもらうばかりでいるのが、性分に合わないのだ。

自分の力で生活できると思えることが自信に繋がってきた。

桜子は自分一人でも生きていける。やり甲斐のある仕事をしていて、仕事に見合った給料をもらい、自分の生活を支えていける。

それは柳吾だって同じだ。

だけど、それだけでは、もう嫌なのだ。

桜子は、柳吾と過ごす時間の愛しさを知ってしまった。

彼の傍にいたい。彼と過ごしていきたい。

長くなるだろう人生の、これから先も、ずっと。

だから、柳吾に必要だと思ってほしい。

桜子が彼を必要だと思うのと同じくらい。

同じだけの強さで、想い合い、必要とし合いたいのだ。

「多分、私のは理想論なんだろうな……」

所詮は別々の人間だ。一口に同じだけ、と言ったって、比べようがない。人の価値観は様々だからだ。

自分がこんなふうに思うのは、自分に自信がないからだと、桜子はわかっている。

自分が柳吾に必要な人間だと思えないのだ。世話を焼いてくれて、甘えさせてくれて、そして肌を重ねているという事実から、きっと自分は、柳吾にとって憎からぬ相手ではあるのだと思う。けれど、必要かと言われたら、そうではないだろう。

「だから、そこから一歩前に出るために！」

自信をつける具体的な方法は模索中だ。まずは、柳吾に迷惑をかけないことから始め、そして彼のためにできることを増やしていく。

桜子が彼からしてもらったことを、一つずつ返していこうと考えている。

ご飯を作って、食べさせてもらったこと。

ちゃんと三食食べろと心配してくれたこと。

疲れていた時に「頑張ったな」と労ってくれたこと。

自分の持ち物を、「君が持っていた方が価値がある」と譲ってくれたこと。

頭を撫でてくれたこと。

髪を乾かしてくれたこと。

泣いた桜子を受け入れて、抱いて宥めてくれたこと。

「甘えてもいい」と言ってくれたこと。

他にもいっぱい、数えきれないくらいの元気と癒やしをもらってきた。

それと同じことを、柳吾にしていくのだ。そうして全部返し終わったら、柳吾に告白をしようと思っている。

愛しているいると伝えて、愛してほしいと乞うのだ。

道程は長い。だからこそもっと頑張って、早く一つでも多くこなしていかなければいけないのだ。

——まずは、この肉じゃがから！

桜子は出来上がった肉じゃがを、できるだけキレイに器に盛り付けると、柳吾のところへ向かった。

柳吾の部屋のインターホンを鳴らすのは、これまた十日ぶりだ。

たった十日、それなのに、もう何か月もここに来ていないような気がしてしまう。

妙に緊張しながら、人差し指でそっとインターホンのボタンを押す。

ピンポーンと、どこか古ぼけたいつもの音が鳴る。

心の中で、いち、に、とカウントしてしまうのは、もう癖になった。

——ああ。

さん、を数え終えて、ドアを開けるのが柳吾でないとわかってしまった。たっぷりもう二拍待って、ようやく開いたドアから覗いた顔は、やはり柳吾ではなかった。

「——ああ、あなたですか」

ドクンと心臓が鳴る。

オシャレなショートボブ、スッとした顔立ちの美人。

ハルカと、柳吾が呼んでいた女性が立っていた。

「あ……えっと、こんばんは……」

なんと言えばいいか数秒思案して、出てきたのは他愛もない挨拶だ。

心臓がバクバクと音を立てている。

「ええ、こんばんは」

サラリと挨拶を返されてしまい、桜子は目を泳がせた。

柳吾に渡そうと思って出てきたが、まさかまた彼女に迎え撃たれるとは予想外だった。

――なんで、またいるの!?　それとも、まだ、いるの、なの……!?

仕事仲間だと言っていた。柳吾は誠実な人だからと、疑うことを意図的に避けてきたが、もしかしてハルカとそういう関係である可能性もあるのだろうか。

内心ダラダラと冷や汗をかいていると、こちらを眺めていたハルカが、桜子の手にしている肉じゃがに目を留めた。

「さくらこさん、それは？」

長い指で指され、桜子はなぜか背筋を伸ばしながら答えた。

「あ、肉じゃがです！　作ったので、柳吾さんに、と……思って……」

尻すぼみになったのは、もし既に彼女が柳吾に料理を作っていたら、という危惧からだ。

だが、自分が彼女に遠慮しなくてはならない理由はない。

——別に、悪いことなんかしてないし！

グッと顔を上げて、ハルカを見据える。

「あの、柳吾さんに会いたいのですが。お仕事の邪魔をしないよう、すぐに帰りますので」

桜子が会いに来たのは、ハルカではなく、柳吾だ。顔を見たいのも、肉じゃがを渡したいのも、柳吾なのだ。

今度ばかりは譲らない！　と歯を食いしばった桜子に、ハルカは冷めた目で首を傾げる。

「——うん。まあ、いいんじゃないですか？　どうせあの人、今ポンコツですし。邪魔も何もないですからね」

「ポンコツ？」

彼女の発言の意味がわからずキョトンとしていると、ハルカはどうぞ、と言うように目で促し、自身もリビングへと足を向けた。

慌ててその後ろ姿を追うように靴を脱いで玄関に上がる。

「あなたが来てくれて、ちょうど良かったです」

「え」

前回とは打って変わって好意的ともとれる発言に、桜子は驚いてしまう。以前は仕事の邪魔をするなと言わんばかりだったのに。

「私、一度アメリカに帰らなければいけないんですよ」

「ア、アメリカですか……」

この人はアメリカ在住だったのか、と思いながら相槌を打つ。そうなると、仕事仲間だというから、柳吾も国籍はアメリカになるんだろうか。

「あのポンコツ、私がいても仕事にならないみたいなんで……。とりあえず食事だけはとらせようと頑張ってたんですけど、なかなか食べないし。他のクライアントの件もあるから、もう帰ってこいと上司から言われまして」

「クライアント……？」

確か、顧客、という意味の単語だ。

桜子の反応に、意味を把握できていないことに気づいたのか、ハルカがクルリと振り返った。いきなり端整な無表情を向けられて、桜子はぎょっとしてしまう。

「さくらこさん」

「は、はい」

「私はリテラシー・エイジェントの人間です。作家が創作活動に専念できるよう、作家の代わりに出版社やスポンサーなどと交渉したり、作家のスケジュールを組んだり、創作物の編集をするのが仕事です。そしてアレ……桃山は、我々のクライアントになります」

なんと、エイジェントとはそういうエイジェントだったのか、とスパイ説を繰り広げた藤平を心の中で罵倒《ばとう》しつつ、桜子は納得する。だが彼女の台詞をよくよく反芻して、ある事実に辿り着いて素っ頓狂な声を上げた。

「え!? 柳吾さんって、作家さんなんですか!?」

吃驚《きっきょう》する桜子に、ハルカはうっすらと口元に笑みを刷く。

――あ、この人こんなふうに笑うんだ……。

これまで見た笑みは、どれも作り物っぽく、ロボットみたいな印象だったのだが、今の笑みはとても自然だった。

「ペンネームはご自分で聞いてください。彼には締め切りを伝えてありますから、死ぬ気で終わらせないと、冗談ではなく、本当に仕事がなくなりますって忠告をしておいてくださいね」

「えっ……しておいてって……」

そんな重要そうな脅し文句なら自分で言ってくれ、と思っていると、ハルカはにっこりと微笑んだ。

「多分、上司と入れ替わりになると思うんですけど、上司が来るまでの間、あのポンコツに食事だけでも食べさせてもらえませんか？ それ、桃山への差し入れですよね」

「あ……」

桜子の持っている肉じゃがを指して言われ、なんだか隠したいような気になってしまう。

「この間、遠慮してくれ、なんて言ってごめんなさい。我々の仕事は桃山に執筆させることとはいえ、失礼なことを言いました」

「あ、いえ！　ほ、本当のことでしたし……」

実際、柳吾の邪魔にしかなっていなかった自覚があるので、ブンブンと首を横に振った。

「桃山が、若い恋人ができて、すっかり浮かれ切って仕事をほったらかしているものだから、つい」

「こ、恋人!?」

今度こそ声が裏返った。顔を真っ赤にして狼狽える桜子に、ハルカは意外そうに首を傾げる。

「違うんですか？　桃山からそう聞いていましたが」

「——っ！」

一旦落ち着きを取り戻していた心臓が、途端にバクバクと鳴り始めた。

——柳吾さんが、私を、恋人だって思ってくれてた？

こっちはセフレかも、だなんて悩んでいたというのに、と腹が立つ反面、浮き立つような喜びが心の中に湧き起こる。

リビングに入ると、ハルカは柳吾の寝室を親指で指して言った。

「桃山は今、仮眠をとっています。私はホテルに戻り、帰国の準備をしますので、あとはよろしくお願いします」

「あ、はい……！」

ピッと背筋を伸ばして応じれば、ハルカはクスリと小さく笑った。

桜子が持ってきた肉じゃがをダイニングテーブルに置くのを見て、「それ、手作りですか？」と訊ねてくる。

「……はい。一応」

「恋人の手料理なら、あのポンコツも食べると思います。食欲がないとかで、今はほぼ流動食生活という体たらくなので。愛の籠った手料理をたらふく食わせて英気を養わせてください」

「えっ、柳吾さん、病気なんですか!?」

初めて聞いた内容にギョッとする。そういうことは早く言ってほしい。

だがハルカはフッと鼻を鳴らしてせせら笑う。

「平たく言えばそうなりますかね。まぁ恋もスランプも病と言えば病ですから」

「は……」

「と言うわけで、後者はともかく、前者の特効薬はここに来てくれたんですから、すぐに治りますよ。正直、桃山の恋人までポンコツ度合いを悪化させるようなら、上司が来るまでここで見張ってようと思っていたんです。でも大丈夫みたいで安心しました。桃山のこと、頼みますね」

では、と軽く手を上げて、ハルカは去っていった。残された桜子は少々茫然としつつ、けれどここに来た目的を思い出して、柳吾の寝室に視線を向ける。

柳吾が桜子を恋人だと言っていたという、ハルカの発言を思い出す。

──本当かな。

もしそうなら、ちゃんと柳吾の口から言ってほしい。

その前に、ちゃんと自分も想いを告げよう。いろんなこと全部、彼に返してからと決めていたけれど、単純だけど、今なら言える気がする。

言ってしまってもいいだろうか？

ドキドキと胸が高鳴る。あの腕の中に、もう一度抱き締めてくれるだろうか。

そっと寝室のドアを開けば、ブラインドを閉じた薄暗い部屋の中、柳吾がベッドに仰向けに寝ていた。

仮眠だと言っていたとおり、シャツにパンツという恰好のまま、布団もかけず、ただ転がっているという感じだ。

彼らしからぬ横着な様子に驚きつつ、起こさないようそっと近づく。

改めて横になっている柳吾の姿を観察すれば、なんだか窶《やつ》れてしまった印象だ。寝ているせいか、いつもきれいにしてある髪は乱れていた。整った顔には無精ひげが生えていて、頬はこけたような気がする。

そんな柳吾を初めて見た桜子はこれまた驚いてしまう。

ベッドの脇に腰かけて、こけてしまった頬に触れれば、柳吾がとろりと目を開いた。

「……さくらこ……？」

「柳吾さん」

目を開いてすぐに自分の名前を呼んでくれて、ばかみたいに嬉しさが込み上げた。

それまでの緊張はどこへやら、ふにゃりと笑った桜子に、柳吾は柔らかく微笑み返して、長い腕を伸ばした。

頭を引き寄せられて、唇を寄せられる。桜子は抵抗せず、それを受け入れた。舌がすぐに差し込まれ、ぐるりと口内を舐められる。上顎を擦られて、ぞくりと戦きが背筋に走って、桜子は身を竦めた。

桜子の息が上がった頃、柳吾はやっと唇を離した。そのまま桜子の首筋に顔を埋めるようにして息を吸い込む。

「柳吾さん」

「ああ、さくらこのにおいだ……」

とろんとしたひらがな喋りに、桜子は彼がまだ寝ぼけていることに気づく。ハルカは仮眠と言っていたから、まだ寝足りないのかもしれない。無理に覚醒させるのも気が引けて、されるがままになっていると、柳吾が項に強く吸い付いた。

「ぁ、痛っ……」

見える場所に痕を付けられたと気づき、焦って身を起こそうとしたが、首と腰に回っていた柳吾の腕がそれを阻んだ。

「これは夢かな？　夢なら……ここに繋いでしまってもいいかな」

「え——きゃあっ!?」

強い力で身体をひっくり返され、気がつけば柳吾のベッドに組み敷かれていた。

うっとりとこちらを見下ろす柳吾は、以前よりも痩せたせいか、その美貌に妙な迫力が加わっている。

桜子はドキリと胸を高鳴らせつつ、自分の上に跨《また》がる柳吾がシャツのボタンを外してゆっくりと脱いでいくのを見つめていた。

薄暗い室内で曝《さら》け出された男の裸体は、ひどく艶めかしかった。色の白い柳吾の肌は滑らかで、厚い胸板や、うっすらと浮いた腹筋の筋が、柔らかな陰影を作り出している。

その美しさに目が釘付けになっている桜子に、柳吾がうっそりと笑った。

「今から食べられてしまうのに逃げないなんて。本当に、なんて都合のいい夢だろうね」

柳吾の発言に目を丸くしていると、両手を取られてその手のひらに口づけられる。

「可愛い可愛い桜子。僕だけのものになっておしまい」

長い睫毛を伏せて、おまじないをするかのように囁かれて、桜子は悶絶するかと思った。

好きな人にそんなことをされて、鼻血を噴かない女子がいるだろうか!?

出そうになる心の鼻血を必死で堪えるために、ぎゅっと目を閉じていた桜子は、ぐん、と両腕が持ち上げられて目を開けた。

「――え?」

いつの間にか、自分の両手首が柳吾のシャツで縛り上げられている。

仰向けに万歳をする体勢で固定されたも同然だ。

「え、ちょ、柳吾さん?」

パニックになる桜子を、柳吾は馬乗りになったまま、恍惚として眺めている。

「え、寝ぼけてるんですよね!? 柳吾さん、起きてください!」

不穏な気配に焦りながら叫ぶと、柳吾は口に人差し指を当てて、しぃっと言った。

「イヤ、しーじゃないですよ……んむぅっ」

さらに叫ぼうとした桜子の唇を塞ぐようにキスをする。

目を見開いて抗議する桜子に、柳吾は困ったように眉を下げた。

「すまないな。せっかくの極上の夢だ。僕はまだ目覚めたくない」

い。

——イヤ、私だって拘束プレイになんか目覚めたくないですよ！

そう言いたかったが、柳吾の仔犬のような顔に胸がキュンキュンして、反論が出て来ない。

——ほ、惚れた弱みというやつか！

話もろくにできず、こんなふうに強引に抱かれようとしていることに腹立ちを感じたが、

「はぁ、桜子……可愛い、可愛い、桜子」

と、まるで夢見るように桜子の名を呼ぶ柳吾に、なんだか怒りも削がれてしまう。

ちゅ、ちゅ、と顔中にキスを落とし、宝物を見るように見つめられ、桜子は溜息を吐きたくなった。

——そんな愛しげな顔で見られたら、怒れるわけないでしょう……。

そう伝えたいし、抱き締めたい。のに、拘束プレイ。

溜息しかでてこない。

柳吾のこの様子を見て、自分が想われていない、なんて思うほど桜子は鈍くない。

先ほどのハルカの発言からしても、きっと柳吾も桜子と同じ気持ちでいてくれるのだろう。だとすれば、十日前の桜子のあの独立宣言は、別れの言葉と取れなくもない。

——窶《やつ》れちゃってるの、私のせい、とか、思ってもいいのかな？

スランプという言葉もあったから、そのせいだけではないのだろう。だが、恋、とも

言っていた。

――だったら、少しうぬぼれてもいいのかもしれない。

嬉しい、と喜ぶ気持ちが、寝ぼけた柳吾の暴走を許す気にさせた。

桜子の鎖骨を舐めていた柳吾が顔を上げ、桜子のニットをブラジャーごとずり上げる。ふるん、と弾むようにして柔らかな乳房がまろび出た。

柳吾の骨ばった手が双丘をわっしと摑み、感触を味わうように揉み始める。

「はぁ……柔らかい……気持ちいいな……」

夢うつつのせいか、思っていることがそのまま口に出ている柳吾に、桜子の方が照れてしまう。

さらに柳吾は手で揉んだまま、胸に顔を突っ込んだ。

「いい匂いだ……ああ、乳輪が桃色だ。きれいな色だな。桜のような愛らしさだ。乳首も薔薇色をして、なんて艶めかしいんだろう」

――感想をつぶさに言うのはやめてください！

と心の中で叫びながら、桜子は瞑目する。

恥ずかしくて死にそうだと思っていると、強い快感に襲われて身がしなった。

「ぅんっ！」

「ああ、上手にピンと立っている。両方の乳首とも、こんなに赤くなって、健気だな。ああ、可愛い」

柳吾が乳首を褒めちぎりながらしゃぶっている。

——褒めて育てる……？

と一瞬どこかで聞いたフレーズが頭に浮かんだが、繰り出される愛撫は脳が蕩けてしまうくらい気持ちよく、あっという間に考えられなくなった。

柳吾は桜子の身体を知り尽くしている。どこをどう触れば桜子が感じるかが、本人よりもわかっているのだ。

熱い口の中で乳首を舐め転がされ、時折吸われて、桜子の身体がビクビクと震えた。

口で胸を可愛がっている間に、柳吾の手は桜子の服を次々と剝いでいく。

スカートとタイツをずり下げられ、大きな手が直に太腿を撫でる。内側の柔らかい部分に触れられると、それだけで下腹部が熱くなった。

やがて柳吾の手が脚の間に到達し、まだ身に着けたままの下着に触れる。

それも取り去るつもりだったのか、骨盤のあたりから下着に指を入れた柳吾は、その紐の感触にハッとしたように顔を上げる。その動きで彼の口の中にあった乳首が外に出て揺れた。苛まれて真っ赤に尖って、柳吾の唾液に濡れて光っている。

柳吾は身を起こして桜子の穿いていた下着を確かめると、それは嬉しそうに微笑んだ。

「カーマインレッド……！　このパンティ……穿いてきてくれるなんて、やはり、これは夢だな……」

——えええええぇぇ……!?

桜子が今穿いているのは、柳吾との出会いのきっかけともなった、件の赤色の勝負パンツである。柳吾に初めて手料理を渡すので、気合を入れるつもりで勝負パンツを選んだのだが、それがなぜ夢に繋がるのか不明である。

クエスチョンマークだらけの桜子を余所に、柳吾はいそいそとパンツの紐に手をかけ、プレゼントの包みを開くように、そっとその蝶結びを解いた。

「ふふ、もうこんなに」

堪らない、というように笑われ、桜子はプイと横を向く。

柳吾に快楽を教え込まれた身体は、彼が触れればたやすく準備を整えてしまう。桜子の秘めた場所は既に愛蜜を溢れさせており、下着の絹を剝がされると、透明な糸を引いた。

柳吾は膝に絡まっていた桜子のスカートとタイツをスルリと脚から抜き取ると、膝裏に手をかけて脚を大きく開かせた。羞恥のあまり咄嗟に脚を閉じたくなるが、柳吾を拒みたくなくて、桜子はぐっと我慢をする。

今の柳吾は、夢だと言いながらどこか桜子を試している気がしていた。

桜子が拒むかどうか、観察しているかのように。

「甘酸っぱい匂いが立ち込めている。美味しそうだ」

謡うように呟いて、柳吾はそこに顔を埋めた。

ベロリ、と犬のように舐めあげられて息を呑む。

柳吾は溢れ出た愛液を舐めとるように、何度も舌でそこを往復した。熱くザラリとした肉が滑るたび、蜜口の上にある陰核を包皮の上から擦られて、桜子の身体の奥で快楽の火花が爆ぜる。

ビクビクと震えて快感を伝える桜子の身体に気を良くしたのか、柳吾が陰核を指で捏ねくり回し始める。

「ふ、ぁぁンッ」

先ほどよりも鮮明な刺激に、桜子が頤を反らした。

「ゥンッ、あ、ぅん、ふッ！」

柳吾の指の動きに合わせて、身の内側で熱が渦巻いた。指の動きをそのままに、柳吾は舌を尖らせて、花弁の間を縫うようにして膣の中を味わう。

ぐにぐにとした柔らかい違和感は、桜子の浅いところを解すように蠢いた。

火のように鮮烈に、泥濘《ぬかるみ》のようにねちっこく、それぞれ種類の違う快感を引き出されて、桜子の中で白い熱が膨れ上がる。

「ひ、ぁあーーッ！」
パ、と視界を閃光《せんこう》が過り、愉悦が弾けた。

握っていた手を放されたような解放感を得て、桜子はくたりと四肢を投げ出す。

は、は、と荒い自分の呼吸の音を聞きながら、茫然と天井を見上げていると、柳吾に頭を撫でられた。

「上手に達けたね」

またもや褒められ、「それはどうも……」とどこか投げやりに思っていると、柳吾がヘッドボード脇のシェルフからコンドームを取り出していた。

──あ、着けてくれるんだ……。

夢だと言ったり、なんとなく無理やりのような感じなので、今回は着けてくれないかもと思っていた。

こういうところが柳吾らしいな、とほっとして笑いが込み上げる。

準備を終えた柳吾が、桜子の笑みに気づいてこちらを覗き込んできた。

「笑っているのかい？　どうして？」

──あなたが好きだからだよ。

桜子は微笑んだまま思った。言葉にする前に柳吾の顔が迫ってきて、キスに備えて瞼を閉じる。柳吾は桜子の瞼にキスを落とすと、彼女の脚の間に陣取って体勢を整えた。

熱く丸い先端が、蜜を湛えた入り口に宛てがわれる。

ぐ、と圧される感覚がして、腹に力が籠った。隘路を押し広げられ、ゆっくりと柳吾が入ってくる。充分に濡れていても、最初に受け入れる時はいつも、圧迫感がある。

ふ、と熱い吐息が漏れる。

桜子は、睦み合う時間の中で、この瞬間が一番好きだ。

自分の中になかったはずの隙間をこじ開けるみたいに、押し入られる感覚。

自分ではない誰かを受け入れるのは苦しいのに、自分の内側まで柳吾に侵されると思うと、痺れるほど嬉しい。

――そうやって、私を拓《ひら》いてほしい。

柳吾によって拓かれて、彼の体温や肉に慣れていく感覚が、愛おしい。

熱い楔《くさび》が、自分の奥の奥まで到達したのを感じる。

柳吾がハッと悩ましい息を吐き、覆い被さってくる。

熱い身体から、愛しい男の汗と肌の匂いがした。

――ああ、触れたい。抱き締めたい。

それなのに、腕を拘束されていてままならない。

切ない気持ちが、桜子の身体を内側から蠢かせる。

「――っ、桜子、そんなに締めては……！」

知らず、中にいる硬い楔を締め付けたらしく、柳吾が息を詰めた。

意図してやったわけではない桜子は、緩め方もわからない。

柳吾は桜子の顔の両脇に肘を立て、首筋に顔を突っ伏したまま動かない。腕と肩が異常にこわばっていることから、切羽詰まった感じが伝わってくる。

射精の衝動を堪えていることは経験からなんとなくわかっていたので、桜子はできるだけ動かないようにして待った。

数秒後、フーッと深く息を吐いた柳吾が、美しい額に汗を滲ませ、眦を吊り上げた器用な微笑みで桜子を睨み下ろした。

「いたずらっ子だね、桜子。そういう悪い子には、お仕置きが必要だな」

理不尽！　と思った瞬間、身を起こした柳吾が鋭く腰を振ってきた。

「ああっ！」

ズン、と深く重く中を抉られ、桜子の目に火花が飛ぶ。

「はぁっ、はっ、桜子、桜子っ……！」

「う！　うぁ！　んう！　んん！」

柳吾の激しい動きに、ベッドがギシギシと悲鳴を上げる。

立て続けに重く速い抽挿を繰り返され、桜子は眩暈がした。

「桜子！　ああ、気持ち好い……！　君の中は、熱くて、蕩けそうだ！　それなのに！

こんなに、キツイ！　ああ！　桜子、可愛い！」

柳吾はまだ寝ぼけているのだろうか。そうでなければ、どこか理性が飛んでいるに違い

ない。恍惚とした目で桜子を凝視して、一突きするごとに恥ずかしい感想を述べてくれる。

「あ！　ぁ！　ふ、ぅ！　ん！　んぅ！」

「ああ、桜子、可愛い、桜子、可愛い、気持ち好い、桜子！」

もはやほとんど「桜子」と「可愛い」としか言っていない柳吾は、桜子の両膝を抱え上げて突きまくる。受け止める桜子は矢継ぎ早に繰り出される快感に頭がおかしくなりそうだった。

鳴っている水音も濁音に変わり、ずいぶんと卑猥なものになっている。

——気持ち好い、熱い、深い、気持ちいい、熱い——あ、白い……。

揺さぶられ続け、いつもよりも数倍速いペースで快楽が蓄積していく。

達する直前に見える白い視界が現れ始めた。

キリキリと感覚の線が引き絞られ、背筋が弓なりになっていく。

ぎゅうう、と膣道が蠕動《ぜんどう》し、中にいる柳吾の形をよりハッキリと捉えることができた。

柳吾がまた息を詰め、肉の楔が一回り大きくなる。普段ならここで一度動きを止める柳吾は、けれどそのままの速さを保って腰を振り続ける。

桜子の身体中が、火を噴くように熱くなる。

遠くで自分の心臓がバクバクバクバクと、異常な速さで鳴っているのを感じた。

——視界が白い。真っ白だ。

「ああ、ッ！　出る、桜子！」

叫ぶように宣言し、最後に鋭い一突きをした後、柳吾が中で痙攣した。

それと同時に、桜子の視界が眩くなり、愉悦の空に飛ばされる。

——あ。

頂点に飛んだのは、一瞬だ。

爆発した愉悦は花火のように鮮やかに輝き、すぐに消えていく。

光り輝く視界がどんどん暗くなり、飛び散った愉悦の破片がチリチリと身体のあちこちで瞬くのを感じながら、桜子はゆっくりと目を閉じた。


目が覚めて、寝返りを打とうとした桜子は、身体が異常に重いことに気がついた。

四肢が重い。動かすのが怠い。

特に両腕が、首を寝違えた時のように痛い。

「なんじゃこりゃ……」

お腹から流血する某俳優のような台詞を呟けば、背後でビク、と反応するものがあった。

ん？　と思い、顔だけを後ろに向ければ、桜子を背中から抱き締めるようにして横たわる柳吾の姿があった。

桜子が目覚める前から起きていたのか、心配そうな表情でこちらを見つめている。

「……柳吾さん」

「起きたのか。……まだ眠っていてよかったのに」

「……ちょっと、起こしてもらえます？」

柳吾の顔を見たら、先ほどの出来事を思い出した。

桜子の静かな怒気に気づいたのか、柳吾が言われたとおりに桜子を抱えて身を起こしてくれた。

——まだ裸か……。

桜子は自分と柳吾の姿を確認する。二人とも全裸である。

両腕を縛られての行為の直後であろう。

どうやら桜子は意識を飛ばしていたらしい。

——あ、手首。

拘束はといてくれたようだ。自分の手首を触って見れば、擦れたようなわずかな赤みが残っているだけで、傷にはなっていなかった。早々に抵抗を諦め、柳吾を受け入れることに決めて、あまり動かさなかったのが良かったようだ。

桜子が手首を確認していたら、柳吾の手が伸びてきてそれを撫でた。

「……すまなかった」

柳吾を見ると、見るからにシュンとしている。

「夢だとばかり思っていたんだ。君のことを想うあまり、夢に出てきてくれたんだと……」

「でも、途中からわかってましたよね？」

切り込めば、柳吾はハッとした表情になり、コクリと首肯する。

それからベッドの上で手をついて、きれいな土下座の体勢になった。

「すまない。無理やりして……本当に、申し訳なかった」

愛しい男性に、ベッドの上で土下座される。しかも全裸で、である。以前自分も同じことをしたのは、まだ記憶に新しい。

──なんじゃこりゃ。

もう一度さっきの台詞を想って、桜子は「うーん」と唸る。

この様子では、柳吾は無理やり抱いた自覚があるのだろう。

──まあ、手首だけだったけど、同意なく拘束したしね。

だが、桜子は別に嫌がっていたわけではなかった。無論、拘束されていたことは不満だったけれど、それはコトの最中に彼を抱き締められなかったから、である。

「でも、それを説明したって、きっと柳吾さん、自分を許さないだろうからなぁ」

ボソリとした呟きは、柳吾には聞こえなかったようだ。

「え？」

と身を起こして訊き返してきた。

それにには何でもない、と首を振って、桜子は「よし、それなら」とあることを思いつく。

「柳吾さん、ちょっとそこに正座してください」

「は、はい」

桜子の命令に、柳吾は素早く居住まいを正した。もともと土下座の体勢だったので、そのまま身を起こしただけではあったが。

「はい。じゃあちょっと動かないでくださいね」

人差し指を立てて命じれば、柳吾は素直に頷いた。

それを確認すると、桜子は身を屈めて柳吾の股間に顔を寄せた。

「なっ!?　さ、桜子!?」

「動かないでくださーい」

もう一度命じ、桜子は柳吾の陰茎をそっと掴む。萎えているかと思ったそれは、全力全開の時ほどの硬さはなかったが、しっかりと角度を持って立ち上がっている。

——なんでじゃろう……。

さっき一回出したはずなのに……と、考えていると、雰囲気で察したのか、柳吾が苦しげに言い訳をしてくる。

「す、すまない……。だが、好いた女性と生まれたままの姿で同衾《どうきん》していれば……僕も、男だ……」

好いた女性、という言葉に、胸にじわりと喜びが広がる。

——わかって言っているのだろうか、この男は……。

「別に怒ってませんよ。嬉しいです」

「えっ」

桜子はサラリと受け流し、驚いて目を丸くしている柳吾を余所に、それをパクリと咥えた。

「ひっ!!　桜子!!」

口淫をされて「ひっ!!」ってなんなの、と少々むっつりとしつつ、桜子は咥えたまま、動くな、と上目遣いに目で告げる。

「さ、さくらこ……!」

柳吾はなぜか泣きそうな顔で、しかしこちらに目が釘付けになっている。

じっと見られながらするのはさすがに恥ずかしかったが、動くなとは言ったものの、見るなとは言わなかった。

口淫は初めてだ。だが、いい年なので知識はある。女性向けのファッション誌でもセックスに関する特集はわりと載っているもので、それらで読んだ知識を駆使して、頑張ってみることにする。

口の中に入れたまま、張り出した亀頭にぐるりと舌を這わせる。摑んでいる茎の部分は、パンと張りがあって硬かったが、亀頭は思ったよりも柔らかい。唇で食むようにしてその感触を味わい、鈴口に差し込むように舌先を入れた。

ヒクリ、と手の中で陰茎が動く。

——なんか、可愛い。

男性器を口に入れるなんてこと、正直言ってありえないと思っていた。

だがこうして柳吾のものを前にすれば、嫌悪感などまったくなく、可愛いとすら思うのだから不思議である。

桜子はそのまま勢いづき、亀頭から陰茎までぐっぽりと咥え込んだ。

「……ッ、ハッ」

確か、裏筋に舌を尖らせて這わせればいいんだっけ、と、うろ覚えの知識を実行し、ピストン運動に似せて頭を上下させる。

じゅ、じゅ、という音が立ち、唾液が溢れて手に纏わりついたが、仕方ない。

——あ、これ、結構疲れるな……。

慣れない動きに顎が怠くなった時、柳吾に頭を両手で持たれる。

「待て、これ以上はいい！」

ハ、と悩ましい吐息と共に止められ、桜子は柳吾を口から出して顔を上げた。
紅潮し、うっすらと涙ぐんだ柳吾の顔は、ごくりと唾を呑むほど色っぽかった。

「だ、誰に教わったんだ……？」

「え？」

「だ、だから、口淫だ……」

唐突な質問にポカンとなったが、その意図を察してニタリとする。

「いえ。雑誌とかで読んだ知識です」

あからさまにホッとした表情になる柳吾に、仕方ない人だなぁ、と思いつつ、桜子は柳吾の膝に乗り上げるようにして、その首に抱き着いた。

桜子のDカップに顔を埋められた柳吾は満更でもないのか、黙ったままそれを受け入れている。その隙に片手を伸ばし、柳吾の立ち上がったものを掴み、自分の泥濘《ぬかるみ》に導いた。

桜子のそこは、先ほどの行為で解れたままで、柔らかかった。口淫で柳吾のものを濡らしているので、大丈夫だろう、

「えっ、桜子!?」

ようやく桜子の意図に気づいたらしく、焦った柳吾が桜子の脇に両手をかけて退《ど》かそうとする。

「やめなさい！　まだ君の準備ができていない！」

「大丈夫です！　さっきのでまだ濡れてますし」

「じょっ、女性が濡れているなんて言うものじゃない！」

顔を真っ赤にして怒る柳吾は、どうもポイントがズレている。

「柳吾さん！　じっとしててください！　柳吾さんだって、さっき私に同じことしたでしょう!?」

桜子が怒鳴れば、柳吾は唖然とした顔で絶句した。桜子は、その見開いた茶色の目をグッと見据える。

「おんなじこと、してあげますから。嫌がる柳吾さんに、無理やりのっかるんです」

桜子の台詞に、柳吾は信じられない、と言うように首を横に振った。

「何をばかなことを！　君と僕とでは違うだろう！」

彼の台詞にムッとして、桜子はその美しい顔を両手でガシリと摑んで、自分の方に固定する。そして大きく息を吸い込んだ。

「同じですよ。私だって、柳吾さんと同じ。あなたに抱かれたい。あなたを抱きたい。あなたを甘やかしたい。……あなたを、愛したい」

桜子の言葉を聞いていた柳吾は、困ったような表情から、みるみる目を瞠って驚愕の顔になる。

何かを言おうとしているのか、口を開いて、また閉じる。

愛の告白をした方としては、何も返されない状況に少し焦れてしまう。そして彼に跨がったままという中途半端な体勢が少々キツイ。

「柳吾さん？」

急かすように小首を傾げれば、柳吾が幻でも見るみたいに、そっと桜子の顔に触れた。輪郭を確かめるようになぞると、一度唾を呑む。

「……本当に？」

桜子は眉を上げた。確認されるとは思わなかった。

「はい」

「僕と同じ？　本当に？　――僕は、僕だけに甘えてほしい。僕だけを頼ってほしい。他の誰も許さない。僕が、君を守りたい。僕が、君を愛したい。……これでも、僕と同じと言えるのかい？」

こちらを真剣に見つめるべっこう飴のような瞳の中にある愛執の色を見て、桜子は目を見開く。べたべたに甘やかす柳吾の奥に、こんなにも密度の濃い執着があったなんて。

もしかしたら、柳吾もまた、不安だったのかもしれない。恋しい人に、自分の中の性質を受け止めてもらえるかどうか。

桜子は破顔《はがん》した。

「同じですよ。私だって、あなただけがいい。柳吾さん。甘えるのも、頼るのも、守ってもらうのも。あなただから、私は委《ゆだ》ねられたの」

誰かを頼ることが不安だった。誰かに甘えることが怖かった。

拒まれること、そして失くしてしまうことを恐れて、誰にも手を伸ばせなかった。

――でも、あなたは手を差し伸べ続けてくれた。

『こっちにおいで。大丈夫だ。よく頑張ったな』

拒まれる恐怖は消えない。当たり前だ。別々の人間同士。許し合えないこともあれば、受け入れがたいことだってある。いつだって拒絶の可能性はどこにでも転がっていて、ゼロになんてならない。

――でも、それでも、私はあなたが欲しいと思ったの。

拒まれるかもしれないけれど、欲しいと、手を伸ばすことができたのだ。

「桜子……！」

柳吾がくしゃりと顔を歪めた。泣き笑いのような表情でも彼は美しい。長い腕を回して桜子をかき抱き、その美しい顔を寄せる。唇が重なると、すぐにキスが深くなった。お互いの熱を確かめ合うように、熱心に、丹念に絡め合う。

息が上がるほど互いを堪能し合った後、ようやく唇を離して、柳吾が言った。

「愛している」

桜子は瞼を開いて、じわりと込み上げる喜びに、涙が溢れるのがわかった。

「私も」

泣き笑いを浮かべながら、柳吾の逞しい背に腕を回す。

――想い、想われることが、こんなにも嬉しいなんて、知らなかった。

「愛している、愛している、桜子」

柳吾は桜子の涙をキスで舐めとりながら、何度も愛を囁いた。

囁かれるたび、喜びと欲望が煌めきとなって、桜子の全身に纏いつくようにパチパチと帯電していく。

愛している。愛されている。その実感が、自然と身体を熱くして潤ませていく。

「柳吾さん、来て。もう、欲しい」

桜子の顔中にキスを降らせていた柳吾が、黙ったまま頷いた。

片腕で桜子の腰を抱き、長い指が蕩けた泥濘に触れる。

くちゅり、と音が立つ。もう濡れているのに、柳吾の指はそこを愛撫し始める。

「あっ、ゃ、もう、大丈夫だからぁ！」

腰をくねらせて、そそり立ったままの柳吾の昂ぶりにそこを擦り付ければ、柳吾がクッと歯を食いしばるのがわかった。

「ダメだ。ちゃんと、解《ほぐ》さないと」

「ぁ、やだ、もういいのにぃ」

桜子の懇願を無視して、柳吾は指を動かしていく。

親指が陰核を撫で、長い指が二本、中の熱さと柔らかさを確かめるように蠢く。

「はぁ、桜子……可愛い」

「あ、あぁん、も、やだ、はやく、あ」

欲しい場所にまでもらえないもどかしさに、桜子の神経が焼き切れそうになる。

「もう充分かな。ほら、こんなに……」

柳吾は言って、桜子に見せるように愛撫していた方の手を掲げる。てらてらとした粘液が、指をぐっしょりと濡らしている。指が動くと糸を引いたのを見て、桜子は悲鳴のような声で言った。

「み、見せなくていい！」

「もう、いいか……？」

桜子の声が果たして聞こえているのだろうか。息を乱して訊ねる柳吾に、桜子は無言で手を伸ばす。自分の真下に存在を主張するそれに触れると、もう一度濡れた入り口に宛てがった。

桜子の腰を両手で摑んだ柳吾が、顔だけを動かしてキスを要求してくる。その仕草が獣じみていて、なんだかおかしい。

桜子が受け入れると、嚙みつくように唇を奪われた。

「んっ……」

柳吾の手が、ゆっくりと腰を落とすように促す。それに合わせて身を沈めていけば、身体の中心を押し広げるようにして、柳吾が入ってきた。

「はっ……！」

圧迫感に息を吐けば、宥めるように唇を舐められる。

また柳吾の手が腰を持ち上げ、ゆっくりと下ろす。緩やかな上下運動を繰り返すたび、徐々に奥へと侵入され、やがてすべてが収まった。

柳吾にみっちりと自分の空洞のすべてを満たされる。

その感覚に、桜子は安堵を覚えて柳吾の首に縋るように抱き着いた。柳吾の身体が汗ばんでいて、それが胸をきゅんと疼かせる。

「ああ、気持ちいい」

万感を込めたように柳吾が呟いて、桜子はなんだか涙が出そうになった。

「私も、気持ちがいい」

桜子の返答に、柳吾が呻く。

「煽らないでくれ」

「そっちこそ」

言い合って、同時に噴き出した。顔を見合わせ、額と額をくっつけて、啄むようなキスをする。

「満たされてるね」

「ああ、満たされている」

今この感覚を共有できるのは、互いだけだ。

その実感が、自分の心に濃く響くのと同時に、柳吾の心にも同じように響いているのだとわかる。

——ああ、なんて幸せなんだろう。

愛する人と、身も、心も繋がる行為。

——奇跡みたいだ。

桜子はそう思うと、柳吾の導くリズムに合わせて動き出す。

緩やかに、けれど熱く、濃密に高められていく官能に浸りながら、桜子はまたキスをねだった。

皮膚という皮膚をくっつけたかった。粘膜という粘膜を絡ませ合いたかった。

いつか境目がなくなってしまうまで、溶け合ってしまいたい。

互いにそう願っているのは、言葉にしなくてもなぜかわかった。

歪な執着にも似たその感情は、けれど桜子と柳吾にとっては当たり前なのかもしれない。

「桜子」

桜子の最奥を自身の切っ先で捏ねる柳吾が、掠れた声で呼んだ。

緩やかに高められていく快感に、果てが近い桜子は、じわりじわりと己の内側がうねりながら柳吾を締め付けていくのを感じていた。

「りゅ、うご、さ……」

波が寄せるようにさざめき、快感が全身を走っていく。

粟立つ皮膚に合わせるように、柳吾をぎゅうぎゅうと苛んだ。

「っ、く」

柳吾が息を呑み、中で震えるのを感じながら、桜子は愉悦に瞬く星を見た。

穏やかな絶頂に霞む思考の中、震える手で濡れた柳吾の背中を撫でる。

愛しさに涙が零れた。

――誰かを愛おしくても、涙は出るんだ。

そんな発見さえも愛おしいと感じながら、そっと瞼を閉じたのだった。

＊＊＊

「――い、今、なんて言ったの柳吾さん……」

桜子は、文字通り頭が真っ白になりながら、震える声で言った。

手には、たった今、柳吾から手渡された書物が一冊。真っ赤な表紙の色は、桜子にとって見慣れたものだった。

なにしろ、それは『双子の血と情熱』を表す赤だったのだから——。

想いを伝え合った幸せな情事の後、桜子はふとハルカの言っていたことを思い出して、柳吾に訊ねてみた。

「柳吾さんが作家さんだって、ハルカさんから聞きました。ペンネームを教えてくださ い」

ハルカは、柳吾のペンネームは自分で訊けと言っていた。だからすんなり教えてくれるものだとばかり思っていたのに、柳吾はギクリと身を強張らせて、ひどく狼狽えた顔をした。

まだ隠し事をする気かと、さすがにムッときて眦を吊り上げると、柳吾は「あー」とか「うー」とかの唸り声を上げた後、溜息を吐いて本棚から一冊の本を取り出した。

そうする柳吾の顔が真っ赤だったことから、単に照れているだけだと分かったので、腹立ちはひとまず収めた桜子だったが、手渡された本を見て、仰天した。

「え!?　ホリツイ!?」

それは桜子の愛読書、『ホーリーツインズ』シリーズの第一巻だった。

――は、ホリツイ!?　イヤイヤイヤイヤ!!　まさか、そんなこと、あるわけないじゃん！

頭に浮かんだ仮説を、内心で否定しまくっていると、頬を染めたままの柳吾が、長い睫毛を伏せるようにして言った。

「アレックス・R・M・ローランサン――僕の、ペンネームだ」

ひゅっ、と桜子の喉が鳴った。

空耳だろうか。柳吾は今『アレックス・R・M・ローランサン』と言わなかったか。

「――い、今、なんて言ったの柳吾さん……」

「アレックス・R・M・ローランサン。……英語の発音で言った方がいいかい？」

「いえ、日本語の発音でいいです……」

アレックス・R・M・ローランサン――それは、桜子が敬愛してやまない、『ホーリーツインズ』シリーズの作者の名前だ。

「……う、そ……」

絞り出した声は、掠れて小さな呟きにしかならない。

「うそではない。僕が、アレックス・R・M・ローランサンだ。……って、おい、桜子？　しっかりしろ！　桜子！」

柳吾の慌てた声をどこか遠くに聞きながら、桜子は気が遠くなっていくのを感じたのだった。

終章　青

「柳吾さーん！　ご飯ですよ！」

オンボロアパートの一室で、桜子は寝室兼仕事部屋にいる柳吾にダイニングから声をかける。

最近では休日に料理をするのは、桜子であることの方が多い。仕事のある平日は柳吾に任せてしまいがちなので、休日くらいは、と思っているのもあるし、料理が少しずつ楽しくなっているのもあるからだ。今日も資格試験の勉強に区切りをつけて、せっせとお昼ご飯を作っていた。

今日のお昼は、たらこスパゲティと野菜のコンソメスープだ。

アメリ先生の料理教室に通っているおかげで、桜子の料理の腕は少しずつ上達している。

藤平や柳吾のようになんでも作れるわけではないが、簡単な料理ならレシピを見なくても作れるようになった。

中でもパスタは、わりと上手に作れるようになったメニューの一つだ。まあ、茹《ゆ》でてソースをかければいいから小学生でもできるのだが。

桜子の声に、柳吾が肩をバキバキ鳴らしながらやって来る。

「お仕事、進捗どうですか?」

編集者の真似をして尋ねれば、柳吾は渋い顔で「うーん」と唸る。

「まあ、ボチボチだな」

少しくたびれた表情の恋人を見つめながら、桜子は彼の正体を知った時のことを思い出す。

柳吾があの憧れの作家、アレックス・R・M・ローランサンだと知った時は、驚愕のあまり意識が飛んだ。どうりでサイン入りの幻の初版本があったわけである。

なんで教えてくれなかったのだ、と失神寸前の桜子に、柳吾はバツが悪そうな顔で言い訳をした。

『君があまりに僕のファンだと熱弁するから……逆に言いにくくなったんだ。もし憧れていた作家が僕みたいな人間だと知って、幻滅されたらどうしようと』

いつも毅然としている柳吾とは思えない発言に、けれどその頃彼がスランプに陥っていたことも知った桜子は、呆れつつもなんだか納得してしまった。

『恰好つけですね』

クスクスと笑って指摘すれば、柳吾がブスッと拗ねてしまった。

『好きな女性の前で恰好つけなくて、いつつけるというんだ』

そんなことを言われてしまえば、桜子は笑うしかない。正体を内緒にされていたことも、仕方ないと思ってしまう。

恋は盲目、とは、よく言ったものだ。

「ああ、美味しそうだ」

桜子の手料理を前に、柳吾が嬉しそうに手を合わせる。

「美味しいといいんですけど」

「君が作ったものなら、全部美味しいに決まってる」

「もう、そんなことばっかり言って！」

柳吾が桜子に甘いのは、ずっと変わらない。それどころかますますひどくなっているような気がする。

何を作っても美味しいとしか言わないので、少々張り合いがないのは、贅沢な悩みだろうか。

二人で昼食を食べていると、リビングに置いてある荷物に柳吾が目を留める。

「あれは？」

「あ、さっき届いたんです。アメリカからかな。ハルカさんの名前があったから」

「ああ、見本だろう」

「えっ！」

見本と聞いて目を輝かせた桜子に、柳吾が苦笑して「開けてごらん」と言う。

桜子は飛びつくようにして荷物を解き、中から現れた新品の本に歓声を上げた。

「わぁあああああ！　ホリツイの、ファン待望の新作!!」

赤い表紙が目印の、桜子の愛読本。柳吾の最新作である。

一時スランプに陥っていた柳吾だったが、日本に来て以来、少しずつ調子を取り戻し、この晩春、ようやく新刊の原稿を書き上げることができたのだった。

「ああああ、発売前に手に取れるなんて……!!　感動で目が眩みそう……！」

本に頬擦りをする桜子の腰に腕を回し、柳吾が背後からひょいと抱き上げた。

「本よりも先に、僕に頬擦りをしたまえ。書き上げたのはこの僕なんだから」

その言い草に桜子はプッと噴き出してしまう。

「はいはい。よく頑張りました！」

「ご褒美は？」

言いながら口を突き出す柳吾に桜子は微笑みながらキスを贈る。

柳吾も楽しそうに笑いながら、桜子を抱えたままソファに座った。

世界で一番安心する腕の中をうっとりと堪能しつつ、手にした本を開く。

新品の本の匂いを吸い込んで、はぁ、と息を吐いた。

そして一文字ずつ目で追い始めた桜子に、柳吾が驚いたように尋ねてくる。

「読むの？」

読んでいる人を前に何を聞くのだろうと目を上げれば、柳吾は首を傾げた。

「桜子、君、英語を読めるようになったのかい？」

もっともな質問に、桜子は首を竦める。

「……三割くらいしかわかんない。一回目はこのまま最後まで読んで、次に辞書を使いながら意味をとっていくつもり」

「それじゃあずいぶんと時間がかかりそうだな。僕が訳してあげようか？」

「ううん、大丈夫。それは少しでも速く読みたいけど、柳吾さんの書いた原書を読めるようになりたいから、頑張る」

「そうか」

柳吾は微笑みながら、甘やかすように桜子の頬に口づけた。

それをすんなりと受け入れ、桜子は子どものようにその胸に身を預ける。

わずかに体勢を変えたことで、ふと視界の端に移った美しい青色に、桜子は目を向ける。

リビングから見えるベランダの先には、夏の色を纏った抜けるような青空が広がっていた。

「いいお天気だね」

思わず呟けば、桜子の視線の先を追った柳吾が、本当だ、と呟き返す。

「見事な青だな。清々しい光景だ」

眩しげに外を見つめる彼の顔を見て、桜子はなんとなくあの赤色を思い出した。

——この光景に、あの赤は映えるかしら？

柳吾はなんと言うだろう、と想像していると、桜子の顔を見た柳吾が一瞬で渋い顔になる。

「ダメだ。外には干させない。あれは誰にも見せないよ」

「……外に干すとは言ってないです」

あの赤は、どうやら彼だけの色のようだ。

あとがき

皆様、こんにちは。この本をお手に取ってくださって、本当にありがとうございます。

この本が刊行される頃には、もう桜が咲いているのでしょうか。『桜は日本人の心』とよく言われたりもしますが、その例に漏れず、私も桜が大好きです。

厳寒《げんかん》を越えて、ようやく春が来た、という実感が湧くからなのか、それともあの薄紅の美が魅惑するからなのか。あるいは、両方なのかもしれませんね。

さて、桜が話題に出てきたところで、今作のヒロインの名前も「桜子」と、桜からいただいております。何故この名前になったかというと、もちろん私が桜を好きだからというのもありますが、もう一つわけがあります。私は「対」の設定が好きで、お話の中に必ず一つ、私なりに盛り込むのが密かな楽しみなのですが、今回は名前で取り入れてみたのです。

ヒロインの「桜子」と、ヒーローの「柳吾」。なるほど、「桜と柳」。

でも、「桜と柳」で、「対」？　と思われるかもしれません。

私がこの二つを「対」としたのは、古今和歌集のあるお歌が理由です。

見わたせば　柳桜をこきまぜて　都ぞ春の錦なりける　（素性法師）

（見渡してみると、柳の新緑と桜の紅とが混ざり合って、都が春の錦のようであるなぁ）

もうその麗らかで美しい情景が眼裏に浮かぶようで、大好きなお歌の一つなのです。愛らしい薄紅と、伸びやかで瑞々しい若緑。まったく異なるお色でありながら、混じり合っても、否、混じり合ってより一層美しさを増すような、対の関係。

二人はこのイメージからお名前を頂戴いたしました。

タイトルからお分かりかと思いますが、この『勝負パンツが隣の部屋に飛びまして』は、コメディです。私のお話は、わりとシリアスに偏りがちなのですが、今回は思い切りコメディに舵《かじ》を切ったものになっております。

ヒーローの柳吾さんは、書いていて本当に楽しくて、筆が滑ること滑ること。「さすがにこれは……」と担当編集様から苦笑いをされたものは削りましたが、それでも私の我儘から、彼の特性はかなりそのまま保っていただいております。

ネタバレを防ぐためにあまり詳しくは記しませんが、ぶっ飛んだコメディ、大変楽しく書かせていただきました。こんなに書くのが楽しかった作品は初めてだったくらい。

もし、いつもの私のシリアスな作品を期待されてこちらを手に取ってくださった方がおられましたら、申し訳ございませんでした、としか言いようがないのですが、それでも、「読んでみたら面白かった！」と思っていただけたら嬉しいなぁ。

イラストを描いてくださったのは、白崎小夜《しろさきさや》先生です。

表紙が届いた時、歓喜の悲鳴をあげました。私のイメージを遥かに凌駕《りょうが》する彼らの姿がそこにありました。「ああ、柳吾と桜子が、こんなにも幸せそうに……！」と涙がこみ上げたほど。そしてその窓の外には、ひらめく洋紅色の――（以下略）

白崎先生、素敵すぎるイラストを、本当にありがとうございました！

そして、毎回ポンコツな私のために奔走させてしまっております、担当編集者様。いつも申し訳ございません。ありがとうございます!!　Y様なくしてこの作品は世に出ておりません。私の女神様です……！

この本が世に出るまでに関わってくださった全ての皆様に、感謝申し上げます。

最後に、ここまで読んでくださった全ての皆様に、心からの愛と感謝を込めて。

春日部《かすかべ》こみと

Sonya ソーニャ文庫

この本を読んでのご意見・ご感想をお待ちしております。

◆ あて先 ◆

〒101-0051
東京都千代田区神田神保町2-4-7 久月神田ビル
㈱イースト・プレス　ソーニャ文庫編集部
春日部こみと先生／白崎小夜先生

勝負《しょうぶ》パンツが隣《となり》の部屋《へや》に飛《と》びまして

2018年4月7日　第1刷発行

著　　者　春日部《かすかべ》こみと
イラスト　白崎小夜《しろさきさや》
装　　丁　imagejack.inc
D　T　P　松井和彌
編集・発行人　安本千恵子
発　行　所　株式会社イースト・プレス
〒101-0051
東京都千代田区神田神保町2-4-7 久月神田ビル
TEL 03-5213-4700　　FAX 03-5213-4701
印　刷　所　中央精版印刷株式会社

ISBN 978-4-7816-9622-5
定価はカバーに表示してあります。